きらめく共和国

アンドレス・バルバ

1994年、緑の[illegible]をかかえる亜熱帯の町に、理解不能な言葉を話す9歳から13歳の子どもたちの集団がどこからともなく現れた。その存在は徐々に大人たちの日常に罅《ひび》を入れていき、やがてスーパー襲撃事件という大事件を起こす。そして数ヶ月後、32人の子どもたちは一斉に命を落とすに至った——。社会福祉課長としてこの出来事に関わった語り手が、22年後のいま語る、その顛末《てんまつ》。現代スペインを代表する作家が描く、子どものかわいらしさと暴力性、野生と文明、そして保護と支配。一読忘れがたき恐るべき寓話《ぐうわ》が、待望の文庫化。

きらめく共和国

アンドレス・バルバ
宇野和美訳

創元推理文庫

REPÚBLICA LUMINOSA

by

Andrés Barba

This edition is published
by TOKYO SOGENSHA Co., Ltd.
Japanese translation rights arranged
with Casanovas & Lynch Literary Agency, S. L.
through Japan UNI Agency, Inc.

きらめく共和国

赤い大地でできたカルメンに

私は、野生と子どもという二つの侮《あなど》れないものである。

ポール・ゴーギャン

サンクリストバルで命を落とした三十二人の子どもたちのことをたずねられたとき、相手の年齢によって私の答えは変わる。同年代なら、理解するとは、断片的に自分が見たことを組み立てることでしかないと答え、若ければ、不吉な予兆を信じるかと問いかえす。たいていの若者は、そんなものを信じるのは人間の意志の軽視だといわんばかりに、ノーと答える。私はそれ以上問わず、自分が知る事実を語る。それしか話せることはないし、それは、意志を尊重するとかしないとか、無邪気に正義を信じるとか信じないとかの問題ではないといくら説得したところで無駄だからだ。私にもう少し気力と体力があって、もう少し肝《きも》がすわっていたなら、こう話し始めたことだろう。誰でも分相応の報いを受けるし、不吉な前触れは存在すると。残念ながら存在するのだから。

今から二十二年前、サンクリストバルにたどりついた日、私はエステピという町の社会福祉課で昇進をとげて間もない壮年の公務員だった。法学部出のひょろりとした若造から、所帯持ちの管理職になったばかりだった私は、幸福感から普段よりさっそうと見えたに違いない。当時の私にとって人生は、さほど苦労することなく乗り越えていける逆境の単なるつらなりだった。それも、死ねば終わる。簡単かどうかわからないが、死は避けようがないから、死について深く考えても仕方がないと思っていた。喜びとは何か、若さとは何か、死とは何かを私はわかっておらず、本質的に何も間違ってはいなかったが、すべてにおいて間違っていたのだ。九歳の娘がいる、サンクリストバル出身の三歳年上のバイオリン教師に私は恋をしていた。彼女も娘もマヤという名で、母娘ともに濃厚な目と小さな鼻を持ち、茶色い唇《くちびる》は極めつきに美しかった。時として母娘の密談で自分が選ばれたかのように感じ、彼女たちの「網」にかかった喜びにひたっていた私は、サンクリストバルへの異動の内示が出ると、マヤの家にかけつけ、すぐさま結婚を申し込んだ。

そのポストの話が来たのは、その二年前に、エステピで先住民《インディヘナ》のコミュニティーの統合プログラムをデザインしたのがきっかけだった。プログラムは単純なもので、いくつかの農作物をあるコミュニティーで栽培させるというだけのことだったが、モデルケースとして有効性が実証された。エステピではオレンジを選び、先住民の集落から五千人近い人手が集められた。利益の分配の段階でちょっとしたいざこざが持ち上がりかけたものの、最後にはコミュニティーの自発的調整力が機能して、小さな共同組合ができあがった。今や彼らは債務をいっさい負っていないばかりか、支出の大半をカバーする収益をあげている。

プログラムが成功したので、先住民定住化委員会を通じて政府から、三千人からなるサンクリストバルの先住民ニェエの集落で、同様のプログラムを実施しないかと打診されたのだった。家を提供し、社会福祉課の管理職のポストを用意するとのこと。ついでにマヤも町の小さな音楽学校で教えられることになった。経済的な事情で離れなければならなかった故郷の町に、恵まれた状況で戻れることを、口には出さないが彼女が非常に喜んでいるのを、私は知っていた。ニーニャ（私はマヤの娘をニーニャ（少女の意味）と呼び、本人に呼びかけるときもそうしていた）の学校の費用も出してもらえるので、貯金もできる。これ以上、何を望めるだろう。私は浮き足立って、ジャングルのこと、エレ川のこと、サンクリストバルの町のことを話してくれるようマヤにせがんだ。聞くうちに、うっそうと茂るむせかえるようなジャングルに自分が分け入っていく気がした。そこでふいに楽園のような場所を見つけるのだ。たいして独創性のない空想だったが、その時の私に浮かれるなと誰が言えただろう。

一九九三年四月十三日、私たちはサンクリストバルに到着した。湿気を帯びた暑さは強烈で、空は雲ひとつなく晴れわたっていた。古いワゴン車でのぼっていくと、初めて見るエレ川の途方もない茶色い水の塊《かたまり》と、緑の怪物よろしく立ちはだかる、サンクリストバルの人をよせつけないジャングルがかなたに見えてきた。亜熱帯気候に慣れない私は、高速をおりて町まで続く赤土の道に入ってからぐっしょり汗をかいていた。エステピからの長旅（千キロ近かった）で頭がぼうっとし、どこかメランコリックな気分に陥《おちい》っていた。とうとう着いたという実感が、はじめは夢想のごとく広がったが、やがて唐突に現れた貧しさのざらつきがそれをかき乱した。貧しい地方だとの覚悟はあったが、現実は想像をはるかに超えていた。ジャングルが貧しさを均質化し、ある意味で消してしまうことを私はまだわかっていなかった。サンクリストバルの問題は、困窮《こんきゅう》がいつでも絵のような美しさと隣り合わせになっていることだと市長は言った。確かにその通りだ。ニェエの子どもたちの顔は、垢《あか》まみれであるにもかかわらず——あるいはそれだからこそ——あまりにフォトジェニックだ。亜熱帯気候が、この気候ならそれも仕方ないという錯覚を生む。要するに、人間は人間とは戦えるが、滝や驟雨《しゅうう》とは闘えないのだ。

ところが、しばらくして気づくと、車窓から見えていたサンクリストバルの貧しさは跡形もなく消えていた。混じりけのない、狂ったように輝く色彩がそこらじゅうを覆い尽くしている。植物の壁のように道路に迫る、ジャングルの強烈な緑、地面のきらめく赤、目を細めずには見られない、日差しが照りつける空の青、岸から岸まで四キロあるエレ川の濃厚な茶色。初めて見るこの色の競演に匹敵するものは、私の脳内のどこにもなかった。

町に着き、家の鍵を受け取りに市役所に向かった。職員がワゴン車に同乗して道案内をしてくれた。あと少しで到着するというとき、車の前方、二メートルと離れていないところにいる、巨大なシェパードが目にとびこんできた。長旅の疲れのせいだろうか、幻覚かと思った。犬は道を横切っていたというより、道の真ん中からいきなり現れたかに見えた。ブレーキを踏む間もなかった。ありったけの力でハンドルをにぎりしめたが、手に衝撃を感じ、ドスッと、一度聞いたら忘れられない音を聞いた。バンパーに体がぶつかる音だ。私たちはあわてて車からおりた。雌犬《めすいぬ》だった。ひどい怪我をし、恥じいるように目をそらしうめいている。

マヤはかがみこんで、犬の背を撫《な》でた。犬は尻尾を振って、それにこたえた。そのまま獣医に連れていくことにした。ワゴン車で動物病院に向かう間に、私はその野良犬が、相反する二つのことを暗示している気がした。まがまがしい凶兆と恩恵と。サンクリストバルにやってきた私を歓迎する友であると同時に、恐ろしい知らせをもたらす使い。町に入ってからマヤは顔つきが変わったかに見えた。ありふれたもの――彼女に似かよった容貌の女性をこれほどたくさん見たのは初めてだった――になった一方で、特徴がいっそう際立ったようだった。肌はよりつややかにはりが出て、眼差《まなざ》しはより硬質になり、だが前ほど頑《かたく》なではなくなった。膝《ひざ》に抱きかかえた犬の血が、彼女の服を濡らし始めていた。ニーニャは後部座席で、犬の傷口を見続けていた。ワゴン車が地面の穴につかまってガタンと揺れるたびに、犬は身をよじり、音楽的なうめき声をあげた。

自分の血の中にサンクリストバルがあるとかないとかいう言い方がある。世界中にいるサンクリストバルの出身者が言いたがるフレーズだが、実際ここに来るとその言い回しが並々ならぬ広がりを持って迫ってくる。というのもサンクリストバルにいると、血が風土になじみ、威圧的なジャングルや川に屈して気質を変えるよう迫ってくるからだ。川幅が四キロあるエレ川はしばしば、大きな血の川に見え、植物と思えないような、どす黒い樹液を持つ木があたりに自生する。血がすべての中を流れ、すべてを満たす。ジャングルの緑や茶色い川、赤い大地の背後には、いつでも血がある。したたり、すべての物を満たす血が。

だから、これはまさに洗礼だった。獣医のところに着いたときには、犬はぐったりしていた。おろそうとかかえあげたとき、ねっとりとした血が私のズボンにもしみこんでいるのに気づいた。生地と接触してどす黒くなり、塩気を含んだ嫌な臭いを放っている。脚に添え木をあてて、背中の傷を縫い合わせてくれるようマヤが獣医に頼むと、犬はもう闘う気力がうせたのか目を閉じた。人が夢を見ているときのように、犬の目が瞼《まぶた》の下でぴくぴく動いていた。何を見ているのだろう。ジャングルを徘徊《はいかい》するどんな暮らしがその脳裏に浮かんでいるのかと想像しながら、どうかよくなってくれ、生き延びてくれと願った。自分がこの地で無事にやっていけるかどうかが、この犬の生死にかかっているかに思われた。私の言うことをこの犬はわかっている、私たちのもとにとどまってくれるという確信に近い思いとともに私は犬に歩み寄り、温かい鼻面に手をあてた。

二時間後、雌犬は我が家の庭でクーンクーンと声をあげていた。ニーニャがご飯と残り物を小鍋に入れて、えさを用意している。私たちは椅子に座り、名前を考えるようニーニャに声をかけた。ニーニャは、くしゃっと鼻にしわをよせ――どうするか決めかねているときにいつもしてみせる表情だ――「モイラ」と言った。あれから何年もが過ぎ、老犬となって、私の足元でまどろんだり、廊下でねそべったりしている今も、そう呼んでいる。

モイラ。予想に反して、モイラは家族の半分を見送ったが、全員を見送ったとしてもおかしくなかっただろう。今になってようやく、私はこの犬のメッセージがわかる。

サンクリストバルでの最初の数年を思い出そうとするといつも、マヤが苦心して演奏していた、あるバイオリン曲が浮かんでくる。ハインリッヒ・ヴィルヘルム・エルンストの『「夏の名残のバラ」による変奏曲』。ベートーベンやブリテンも用いたアイルランド民謡をモチーフにした曲で、ややセンチメンタルなメロディーと、技巧を極めた変奏が二つの現実のように響きあう。ジャングルとサンクリストバルの町とのコントラストは、この二つの現実に似ている。ジャングルという、あまりにも非人間的で仮借《かしゃく》のない現実と、私たちが日々折り合いをつけている実社会という、真実味がなく打算的な単なる現実だ。

サンクリストバルには、目を見張るようなものはない。昔からいる家族（家族にも新旧があるかのように、「古い家族」と呼ばれている）と、政治のもつれ、亜熱帯の気だるさをかかえた、人口二十万の地方都市だ。私は思いのほかすんなりと、この町に順応した。

数ヶ月後には地元出身の人間のように、役人の現実逃避や政治家たちの責任逃れ、引き継がれ、歪《ゆが》み、どうにも解決しようのなくなった地方都市特有のジレンマと闘うようになっていた。マヤは音楽学校で教えるほかに、個人レッスンを始めた。生徒は、サンクリストバルの富裕層の、たいていがとびきり美人の気位の高い娘たちだった。また、数人の古い女友だちと旧交も温めた。彼女らがうちに来ているときに私が帰宅すると、玄関のドアを開ける直前までにぎやかに話し声が聞こえるのだが、開けたとたん室内は墓場のように静まり返った。マヤ同様、女友だちはクラシック音楽の教師で、みなニェエの血をひいていた。妻たちは弦楽トリオを組み、県内の町や村でコンサートを開き、人気を集めた。演奏が優れていたこともあるが、クラシックの演奏会などほかに誰も開かなかったからだ。

妻の性格のおもしろい矛盾と長年思ってきたことだが、妻はクラシックをなりわいとするくせに、踊りをともなう音楽こそが真の音楽だと考えているふしがあった。それがすとんと腑《ふ》に落ちたのはその頃だった。クラシック音楽は（彼女にとっても、彼女のコンサートにやってくる人々にとっても）、音楽としての性質も、人をとどまらせる性質も持ち合わせていなかった。だが、まったく異なる頭脳によって、かけ離れた価値基準で作られたものだからといって、人々がクラシックに感興をそそられないわけではなかった。マヤがクラシック曲を演奏するとき、聴衆は、心ひかれるが理解できない言語に耳を傾ける者のように集中して聴き入った。クラシックを演奏し、教えることにマヤがあれほど打ち込み、情熱を傾けたのは、心の底で、クラシックを他者のものとしてとらえ、情緒的なつながりを持てなかったからかもしれない。彼女にとって、クラシックは脳内で起こるものであり、ほかの音楽――クンビアやサルサやメレンゲ――は、体から、腹から湧きあがってくるものだった。

人間の魂の深淵に降りていくには高性能の装備が必要と思いこみ、重装備で潜ってみたら、実際は家庭のバスタブほどの深さしかなかったというようなことは、場所についてもある。小さな町はカメムシに似ている。うじゃうじゃと寄り集まって、権力にしがみつこうという永遠のメカニズムが、合法化と身びいきの回路や同じ力学を再生産し続ける。一定の期間ごとに、地元から小さな英雄が生まれることもあるにはある。だが、ずば抜けた才能を持つ音楽家や、家庭裁判所の革新的な女性判事や、勇敢な母親といった小さな英雄たちの反逆さえ、町を未来永劫に存続させるための装置にしかならない。地方の小都市の暮らしはメトロノームのように規則正しく予測どおりに営まれ、太陽が西から昇るというような途方もないことは、起こりえないとさえ思える。だが、時にはまさにそういうことが起きるのだ。太陽が西から昇るようなことが。

子どもたちの問題はスーパー〈ダコタ〉襲撃事件から始まったと思われているが、実はもっと早くから始まっていた。子どもたちはどこから来たのか？　この件に関する最もよく知られた、虚偽と偏見に満ちたドキュメンタリー、バレリア・ダナスの『子どもたち』は、血まみれのスーパーの映像の上に映し出された「子どもたちはどこから来たのか？」という仰々しいテロップで始まる。それは大いなる謎だった。いったいどこから？　垢まみれだが、どこか妙に厳粛な雰囲気のある、肌の色の浅黒い縮《ちぢ》れっ毛のあの子どもたちは、もとから町を駆け回っていたのではないかと、以前の町を知らない者なら思うかもしれない。

いったいどの時点から、私たちの目は彼らを見慣れていったのか、彼らを初めて見たとき私たちが驚きを覚えなかったのかを特定するのは難しい。諸説あるなかで、おそらく一番まともなのは、エル・インパルシアル紙の記者、ビクトル・コバンがコラムで書いた、子どもたちは「雨だれ」のように、ぽつりぽつりとサンクリストバルに入りこみ、初めのうちはニェエの子どもたちに紛《まぎ》れていたという説だ。ニェエの子どもが町の交差点で信号待ちの車に近づいて、野生のランやレモンを売る姿は見慣れた光景だ。シロアリの中には、一時的に姿を変えて別の種に見せかけ、本来自分のものではない環境に入りこんで定着し、定着するやいなや元の姿に戻る能力を持つものがいる。あの子どもたちも、そのシロアリ同様、言語以前の知性を働かせて、みなになじみのあるニェエの子どもにできるだけ似せて紛れこむという戦略を使ったのかもしれない。だが、たとえそうだったとしても、彼らがどこから来たのかという疑問は残る。しかも、なぜ九歳から十三歳だったのか。

すぐに囁《ささや》かれた（だが、やはり実証できない）のは、子どもたちは人身売買のネットワークによって県内のあちこちでさらわれ、エレ川近くのジャングルに集められたという説だ。そういうことは、それが初めてではなかった。事件の数年前の一九八九年、七人の十代の少女たちが、全国の売春宿に「売りに出される」直前に、サンクリストバルから三キロしか離れていないジャングル内の農場から救出される事件が実際にあったのだ。発見時に警察が撮った少女たちの写真は、まだ人々の記憶に新しかった。人がいつまでも無邪気でいられないことを悟らせるエピソードが人生にあるように、その出来事の前と後でサンクリストバルの良心は変化した。トラウマとなる出来事で家族のありようが変わるように、サンクリストバルの紛れもない現実をつきつけられ、そこからくる恥辱《ちじょく》が集団的良心にもぐりこんだ。無言のうちに。

そんなわけでその時も、子どもたちは、似たような「宿舎」を抜け出し、いきなり町に現れるようになったのだろうと考えられた。サンクリストバルが真っ先に、さらわれた子どもの行き先として考えられるという、不名誉な評判に基づくその憶測――繰り返すが、根拠は何もない――は、〈三十二人の子どもたち〉が話す、当時は外国語と考えられていた「理解不能」の言語を説明するには都合がよかった。だとすれば、路上で物乞いをする子どもがいきなり七十パーセントも増加したことは問題視されなかったことになるが、どうやら誰もその点は気にかけなかったようだった。

社会福祉課（前にも言ったように、私はそこの課長だった）の数ヶ月間の議事録を見てみると、物乞いの子どものことが議題にのぼったのは、一九九四年十月十五日だった。つまりスーパー〈ダコタ〉襲撃の十二週間前だ。とすれば――発生した問題がサンクリストバルの行政に届くスピードを考慮に入れるなら――、あの子どもたちが町に現れたのは、少なくともその二、三ヶ月前、つまりその年の七月か八月ごろだったと考えられる。

ジャングルの宿舎からの脱走説の矛盾と比べたら、「魔法説」のほうがよほどまことしやかだった。ニェエ・コミュニティーの代表、イタエテ・カドガンは、子どもたちは川から「湧き出した」と断言して、さんざん笑いものになった。だが、子どもたちの意識がどこかで突然つながり、サンクリストバル市に集まってきたことを「湧き出す」ととらえるなら、それはありえなくもない。今では、あの子どもたちの半数以上が近隣の市や集落の出身だった（そして、誘拐された子どもはごくわずかだった）こと、あとの子たちはマサヤ、シウナ、サンミゲル・デル・スルといった遠くの町から、説明のつかない方法で何千キロも移動してきていたことがわかっている。遺体の身元確認で、二人は首都の出身だとわかった。その数ヶ月前に二人とも失踪届が出ていたが、行方がわからなくなるその時まで、何のそぶりも見られなかったらしい。

尋常ではない状況では、とっぴな論理が持ち出されることがある。中には、ふって湧いたように現れた子どもたちを、ムクドリの飛翔《ひしょう》にたとえる者もいた。六千羽近いムクドリが、まばたきをするほどの間に寄り集まって巨大な雲のような群れを作り、向きを自在に変えながら一斉に飛翔する姿は壮観だ。

なぜかしら私の記憶にずっととどまっている、ある出来事がある。あの子どもたちがやってきたと思われる時期のことだ。ある朝早く、私は車で役所に向かっていた。サンクリストバルの生活時間は、暑さゆえに極めて厳格だ。人々は朝六時には目覚め、文字通り夜明けとともに動き始める。開庁時間は七時から一時。一時には暑さは耐えがたくなる。暑さが最も厳しい時間帯――雨季なら午後一時から四時半――の町は、亜熱帯特有の激しい睡魔に支配されるが、早朝の町は、都会のにぎやかさには遠く及ばないもののなかなか活気がある。その日は、音楽学校で用事があるマヤを隣に乗せていた。町なかに入る信号のところで、十歳から十二歳くらいの数人の子どもたちが金をねだっているのが見えた。普段いる子どもたちのようにも、そうでないようにも見えた。すぐにぶつくさ文句を言ういつもの素朴な子たちと違って、その子たちは横柄で尊大な感じさえした。マヤがグローブボックスを探ったが、小銭は見つからなかった。一人の少年が、私をずっと見つめていた。白目の部分が冷ややかに光っている。薄汚れた顔とその目のコントラストに私は一瞬はっとした。信号が青に変わったとき、私は自分がずっとアクセルに足を乗せていたのに気づいた。まるで一刻も早く走り去りたかったかのように。アクセルを踏み込む直前、私はもう一度その少年のほうを振り返った。するといきなり、少年がにやりと笑いかけてきた。

ある光景に記憶が集約されることは不思議なことだろうか。記憶は味覚のように気まぐれだ。肉は好きだが魚は嫌いだと、たまたま舌が判断するように、何を覚え、何を覚えていないかという記憶の取捨選択には偶然が作用する。とはいえ、いや、だからこそ、まったくの偶然かもしれないが、そこに解き明かすべき鍵があるかもしれない。その少年の微笑《ほほえ》みに動揺したのは、彼と私の間にあるつながりが、私の中で始まり彼の中で完結する何かが、そこに感じとれたからではないか。

後でわかったのだが、信号でのその出会いのようなことは、サンクリストバルの住人の多くが経験していた。たずねたら、まったく同じではないまでも、似たようなエピソードを誰もが語ってみせた。ちょうど自分が見たその瞬間に、子どもが振り返ったとか、彼らのことを考えていたら、本当に現れたとか、幽霊のような姿で夢の中に現れた子どもが翌日、夢で見たのと同じ場所で待っていたとか……。誰かが自分のことを見たり、話したり、思ったりしていると、自然とそちらを見てしまうのは、よくあることだ。あの子どもたち――当時はまだ人目をひくほど多くはなかった――がサンクリストバルの町で人々の生活に影響を及ぼし始めたとき、誰もが知らず知らずのうちに彼らから目を離せなくなっていたのだ。

事の発端に違いないことを見逃したと言って、社会福祉課と私はさんざん非難された。後付けの理屈で難癖《なんくせ》をつけたがる国民性について、ここでとやかく言うつもりはない。だが、ストリートチルドレンの専門家や常識の伝道師がそこらじゅうにあふれたのは、事件の二ヶ月後だった。〈ダコタ〉襲撃時には、警官を町に配置させろと迫った張本人が、事件後は中庸《ちゅうよう》を重んじる禅師に豹変し、まるで犯罪者を相手どるように、「可及的速やかに」対処しなかった私たちを激しくなじった。

以前の私なら、自己弁護していただろう。確かに彼らの言い分にも一理ある。が、だとしても、あの時「可及的速やかに」何をすればよかったのか。あの子どもたちを即刻孤児院に閉じ込めることか？　市民に声明を発表し、腹をすかせた、家のない子どもたちに対して反感を抱かせることか？

気がついたときにはすでに始まっていることがある。騒乱、事故、恋。それに習慣もそうだ。当時、ニーニャを学校に送るときに、私たちは毎日ちょっとしたゲームをした。いつのまにか始まったその単純なゲームはずっと続くものと私は思っていた。成長してもニーニャは、私の前にみずみずしい首の線を見せて立ち、私の背中で足音を響かせるものと。何より楽しかったのは、ゲームと意識せず、相手の視線の前に立つことだった。何も申しあわせずに、ゲームは始まる。最初は私、次はニーニャ、そしてまた私と、先を争って学校に向かって歩きながら、前に出たほうの者は、数秒すると歩を緩め、相手に追い越させる。時には、仕事に遅れそうになってしきりに時計を見る男や、口笛を吹きながらスキップする女の子や、追いつこうとする警官になりきって歩くこともあった。でも、たいがいは自分自身のまま、普段よりいくらか足早に歩いた。

　小さな足音を立ててニーニャが追い越すのを待つあの時間は、私にとって奇妙なほど大切だった。ニーニャへの愛情――あるいはかすかな自信のなさと、ふいに芽生えた、愛に似た気遣い――は、マヤとの関係の裏返しのようだった。マヤとのそれは、愛情にあふれつつ、決まりごとも先の見通しもない。マヤについて、彼女の思考の奥底にたどりつけないことを愛していたとするなら、ニーニャについては、意志に関係なく繰り返されるその遊び、二人で作り上げたその空間を私は愛していた。

　その学校に通うほかの児童の家庭と違い、ニーニャと私は血のつながりがなかった。そのことは、毎日学校に着くたび思い知らされた。私たちは姿形が似ていなかったし、あまり言葉を交わさず、照れくさそうに別れたからだ。その時はわからなかったが、今ならわかることがある。似ているかどうかは、家族にとって本来的な問題ではない。本物の父と娘になりたいと願う一人の大人と一人の少女にとって、似ていないことは――よくそう思われているほど――致命的なことではない。世間には、同じ顔をしながらぎすぎすした家族や、つぎはぎだらけでも幸せな家族はごまんといる。

　マヤと出会うまで、私にとって子どもというのは、意識して関係を作らなければならない生き物だった。子どもへの好悪《こうお》を、まるで遺伝子に組み込まれたことのように口にする人間に不信感があった。ずっと子どもが苦手だった私でさえ、ふと見かけた子どもを瞬間的にかわいいと思うことはあったからだ。だが、内気で不器用な子どもはいいが、自己主張が強い、人に媚《こ》びる、おしゃべりな子どもは苦手だ（大人の子どもっぽさも、子どもの「大人」びた部分も嫌いだった）というような長年抱いてきた子どもへの偏見は、本物の子どもが自分の人生に現れた瞬間に消し飛んだ。

ニーニャには、あの子どもたちと共通する独特の性質があった。まわりの物を自分のものと思っていないところだ。些細《ささい》な点のようだが、そうではない。曲がりなりにも安定した環境で育った子どもは普通、家や車など、家族の持ち物は当然自分のものと思っている。子どもが台所からフォークをとってきても、親のものを盗んだことにはならない。もともと自分のものだからだ。親の留守に母親のドレスを着て遊んでいても、盗みにはならない。所有は、子どもの意識の純粋な一要素であり、そこには現実が反映している。日中は信号のところに立ったりエレ川のほとりで身を寄せあって眠ったりして、夜になると町から姿を消すあの子どもたちは、「普通の」子どもと違って、何も自分のものと思っていないところがニーニャと共通していた。自分のものではないから、盗まなければならなかった。

「盗まなければ」に、私はわざと傍点をつけた。当時の市役所の同僚が「あの騒動のせいであの頃私たちは、『窃盗』『泥棒』『殺人』といった言葉を、声を潜めてしか話せなかった」と言うのを、最近になって聞いた。あれから今にいたるまで、小声でしか言えない言葉が私たちのまわりにはいくつもある。口にすれば、言葉に行き先を与え、聞けば従うことになるからだ。

一九九四年十月十五日、議事録によれば、半月に一度の会合の議題の四番目で、市会議員のイサベル・プランテが、路上で物乞いをする児童の問題について社会福祉課に初めて検討を求めた。市内の各所で、市民への三つの「襲撃」があったとのこと（プランテの発言には、ポピュリズム的な文脈の歪曲《わいきょく》が難なく見てとれる）。一つ目は、トエド地区で飲食店を経営する男性が、数人の子どもにその日の売り上げ金を奪われたもの。二つ目は、十二月十六日記念広場の真ん中で、中年の女性がバッグを引ったくられたもの。三つ目は、カフェ・ソレールのウェイターが、「十二歳くらいの暴力的な子どもの集団」に襲われたもの。プランテはまずそれらの事実を明らかにし、次にそれらの児童を保護するために孤児院の予算を倍増することを要求し、さらに市の社会福祉の現状について、私の責任を追及した。それは紛れもないポピュリズムの論法だった。まず、手に余る現状の問題点を明らかにし、次に実現不可能な解決策を提示し、最後に政敵を糾弾する。レトリックはさておき、プランテの発言は、その頃、あの子どもたちが市民生活を脅《おびや》かし始めていたことを物語っている。

三十二人の死の一年後に「見張り」というタイトルで発表されたエッセイで、ガルシア・リベリェス教授は、無邪気な子ども時代の神話について長い一章を費やしている。「子ども時代を無邪気なものととらえる神話は、失われた楽園神話を都合よく退化させたものにほかならない。矮小化《わいしょうか》された信仰において子どもは聖人や巫女《みこ》となり、原初の恩《おん》寵《ちょう》を体現する役割を担《にな》わされる」と。

しかし、ひたひたと町に入りこんできていたあの子どもたちは、それまで私たちが知っていた、原初の恩寵の状態にある二つの存在――私たちの子どもたちとニェエの子どもたち――とは、似ても似つかなかった。確かに、ニェエの子どもは貧しく薄汚れていて、学校に通っていなかった。だが、近視眼的なサンクリストバル社会は、それを仕方ないこととみなし、先住民であることでその窮状は黙殺され、ある意味で見えなくなっていた。どんなに哀れで汚く、時にはウイルス性の病気を患《わずら》っていようが慣れっこになり、人々はニェエの子どもからランの花やレモンを平然と買うことができた。ジャングルが緑で、大地が赤く、エレ川が何トンもの泥を運んでいるように、ニェエの子どもたちが貧しく、読み書きできないのは自明のことだった。

それ以外に、一九九〇年代なかばのサンクリストバルにこれといった特徴はなく、ほかの大きな地方都市とたいした違いはなかった。経済活動の要《かなめ》である茶や柑橘類《かんきつるい》の栽培は、その時期非常に好調で、農地を持つ小規模農は自力で生産性をあげ、中産階級の地位を向上させた。五年の間に市は見違えるように様変わりし、小売店は繁盛し、蓄えと軽薄さが増加した。水力発電ダムの建設業者が河川沿いの遊歩道を整備し、町の景観を一新した。休日の娯楽スポットは旧市街だけではなくなり、当時の市長が好んだスノッブな言い回しを使うなら、「川を眺める暮らし」が実現した。新しく開発された地区では、子どもと散歩する若い母親や恋人たち、スポーツカーを見かけるようになった。スポーツカーは、どう見ても景色になじまず、スピードが出ないように路面に設けられた出っ張りを越えるたびに腹をこすっていった。子どもたち──私たちの子どもたち──は、調和した景観の装飾品のひとつであると同時に、俗物根性にまみれた町の、ある意味死角でもあった。発展の感覚に酔いしれていた住民にとって、よその子どもたちの出現は傍迷惑《はためいわく》以外の何物でもなかった。心地よさは濡れたシャツのように思考にからみついてくる。動こうとしたときになって初めて、それに自分が縛られていることに気づくのだ。

それはさておき、事実は事実だ。その会合の二日後、その後無数に起こった襲撃のひとつに私は初めて居合わせた。マヤと散歩に出て、小高い丘にある小さな公園を通り抜けようとしていたときだった。五人の子どもがいた。一番の年長は十二歳くらいの女の子。そばのベンチに、双子だろうか、とてもよく似た十歳か十一歳くらいの男の子が二人座っている。それと、地面に座りこんでアリを殺して遊んでいるらしい二人の小さな女の子。みな、都会で見かける先住民の子どもによくあるように、薄汚かった。それに、その態度。知らんぷりをしているようで、実は抜け目なくまわりの様子を窺っている。胸に刺繍《ししゅう》――木と花――を施《ほどこ》したカラシ色のワンピースを着た年長の少女が、ちらっとこちらを見て、目をそらしたのを覚えている。

三十メートルくらい先に、両手に買い物袋をさげた五十代の婦人が公園に入ってくるのが見えた。その瞬間、すべての動きが止まった。何か避けがたいことが起ころうとしている予感を、マヤも私同様、心の中でうち消そうとしているのがわかった。年長の少女が立ち上がった。みすぼらしい身なりだが、そこには猫のようなしなやかさと、思春期前の子どもだけが持つのびやかさがあった。少女が声をかけると、残りの四人も何も言わずに立ち上がり、婦人のほうに早足で近づいていった。婦人の前で少女は立ち止まり、話しかけた。少女は、婦人の胸に届くか届かないかの背丈だったので、婦人は体をかがめ、片手にさげていた買い物袋を地面に置いた。その瞬間、男の子のうちの一人がその袋をつかんで駆け出した。

あの状況を共犯と呼べるのだろうか。無言でシンクロするその強奪劇は、共犯と呼ぶには、あまりにも不可解で、得体《えたい》がしれなかった。自分の役割を演じる子どもたちの自然さには、リハーサルや練習以上のものが感じられた。あうんの呼吸のようなもの。買い物袋を持っていかれたのに気づくと、婦人は少女に耳を傾けるのをやめて、ぱっと後ろを振り向いた。今度は少女がすかさず、婦人がまださげていた買い物袋をつかんで、ぐいっとひっぱった。ところが、婦人は予想外の抵抗を示した。袋を手放そうとせず、強い力でひっぱり返したので、少女はつんのめった。すると、双子のうちの一人が婦人にとびかかり、にぎりしめていたハンドバッグをつかみ、女の子が後ろから飛びついて、婦人の髪を乱暴にひっぱった。

気の毒な婦人は悲鳴をあげた。もちろん痛みはあっただろうが、驚きのほうが大きかったに違いない。婦人は地面にひき倒され、子どもたちはハンドバッグも買い物袋も、何もかもさらって逃げ去った。私たちが駆けよったとき、婦人は戸惑いというよりも、屈辱に近い表情を浮かべていた。大きく目を見開いてこちらを見て、「見たでしょ？　見たわよね」と問いかけた。

その週以降、町や公園や川べり、それに旧市街でも、いつでも子どもたちの姿を見かけるようになった。たいがい三、四人、せいぜい五、六人のグループになり、一人でいることも、それ以上の人数になることもない。二、三、見分けがつくようになったグループもあった。公園で見かけた少女は、たいていあのよく似た二人の男の子が一緒だったのですぐにわかった。それと、四人の男の子と、くるぶしまであるロングスカートをはいた、思春期に入りかけの二人の女の子からなるグループと、いつでも白い野良犬をつれている、男の子ばかりのグループ。あの数ヶ月間に撮影された映像でも、それらのグループ、中でも犬を連れたグループはすぐに見分けられた。話題を呼んだ、写真家ヘラルド・センサナの写真展「役立たずの子どもたち」（あの事件の「公式バージョン」を作り上げるのに役立った制作物のひとつ）の写真を見ていると、見覚えのある顔が「繰り返し」出てくるように思える。だが、それも本当にそうだったかはあやしい。私たちの途方にくれた良心が、なんの手がかりもないところに無理やりとっかかりがあるかのような錯覚を抱かせただけのことかもしれない。

だが、その子どもたちに対して誰もこれといった手をうたないまま時はすぎていった。ニェエのコミュニティーでのプロジェクトが始まって私は忙しく、彼らのことは念頭になかった。三十二人の子どもたちはある意味で、すでに私たちの日常の一部になっていた。ほんの時たま、思いがけない状況で、何かが変わったことを認識させられるだけだった。たとえば、当時——たまたま出てきたから読んだのだと思う——ニーニャに夜、『星の王子さま』を読んでやるようになった。子どもの頃、それなりにおもしろいと思って読んだ本だったが、改めて読んでやるうちに、自分でも説明のつかない不快感に襲われた。最初は、ひとりぼっちの王子さまの願いやその世界、星、風にひょろひょろとたなびくスカーフ、狐、バラなど、気取りが鼻につくのだろうと思った。だが、そのうちふいに、これは何から何まで悪意に満ちた本だと気づいた。羊の皮を三枚もかぶった狼のような物語だと。地球にたどりついて狐に出会った王子さまは、まだ「馴らされて」ないから遊べないと狐に言われる。「馴らすってどういうこと?」と王子さまがたずねると、のらりくらりとかわしたあとで狐は、「関係を作ること」と答える。「関係を作る?」王子さまが驚いて聞き返すと、狐は下心を隠して弁舌さわやかに答えてみせる。「もちろん、俺にとってきみはまだ、何十万人ものほかの子どもと同じ子どもでしかない。俺はきみを必要とはしていないし、きみも俺が必要じゃない。でも、きみが俺を馴らしたなら、俺たちはお互いが必要になるんだ」その数ページ先では、たくさんのバラの前で、王子さまは狐から学んだことを披露する。「きみたちはボクのバラにぜんぜん似てないよ。きみたちはまだ誰でもない。誰もきみたちを馴らしてないし、きみたちはまだ誰も馴らしてない。ボクの狐がそうだったのと同じだ。ボクの狐は、ほかのたくさんの狐と同じだった。でも、友だちになったから、今は世界でたったひとりの狐なんだ」

子どもたちの問題がもちあがった頃の私たちの無邪気さと、それを書いたときのサン＝テグジュペリの無邪気さの似かよい方を思うと、今でも背筋が寒くなる。自分の愛情が我が子を形づくっていくのだと、私たちは星の王子さまのように信じていた。目隠しをされても、声を聞いただけで、何千もの子どもの中から我が子を見分けられると。逆に言えば、こう認めていたということだ。しだいに町に入りこんできていたあの子どもたちは、どの子も区別のつかない子ども、「何十万ものほかの子ども」と変わらない子ども、私たちにとって無用の子どもだと思っていた。向こうも私たちを必要とはしていない。当然ながら彼らは、馴らさなければならない子どもたちだった。

だが、現実は執拗《しつよう》で、それでも子どもは子どもだった。だからこそ、あれほど騒ぎになったのだ。子どもだった。そして、ある日その子どもたちが盗みを働いた。「あんなにいい子に見えたのに！」という声があがる。それは裏を返せば「あんなにいい子に見えたのに騙《だま》しやがったな。この偽善者め」という呪詛《じゅそ》だった。確かに彼らは子どもだが、私たちの子とは違ったのだ。

一九九四年十一月三日の午後、市長のファン・マヌエル・ソーサは緊急会合を持ち、サンクリストバル警察署長アマデオ・ロケ、家庭裁判所の少年担当裁判官パトリシア・ガリンド、そして福祉課長の私を招集した。市長は会議室に入るなり、机の上にファイルをどさっと投げ出した。がっかりした表情からすると、もっと大きな音がすると期待していたのだろう。サンクリストバルでは五日間権力をにぎると、族長の顔つきになるとマヤが常常言っていた。ソーサはそのよい見本だった。危険というには知性がたりないが、笑いとばせるほど無害でもない。「田舎者の悪知恵」とでも言うべきものを持ちあわせていた。おめでたい性格と、ほうぼうに安請け合いする軽率さのどちらがより罪深かっただろうか。

警察署長が告げたのは、空想とはほど遠い現実だった。その前日、二人の警官が、このところ十二月十六日記念広場で通行人の金品を奪っていた子どもたちを呼びとめた。警官の証言では、子どもたちは彼らの質問に「意味不明の言葉」で答え、十歳くらいの男児を連行しようとしたところ、襲いかかってきたという。最初は、子どもの一人が拳銃を奪って、「あてずっぽうに発砲した」という話が広まったが、何人かの目撃者の証言から、そうではなく、子どもたちともみ合ううちに、一人の警官の取り出した銃が暴発したのが真相だとわかった。銃弾はウィルフレド・アルガス巡査の鼠蹊部《そけいぶ》を貫通し、巡査は数分後、救急隊員の目の前で出血多量により死亡した。

カミーロ・オルティス巡査二十九歳は、警官になって二年目だったが、過失致死による処分を待つ間、勾留された。亡くなったアルガスは三十八歳、二人の女児の父親で、相当問題のある経歴の持ち主だった。収賄《しゅうわい》のかどで二度内部捜査を受け、ある容疑者の取り調べでは暴行の重大な過失を問われたことがあった。天使にはほど遠い人物だったが、死ねば天使だ。オルティスは不当に銃を取り出したことの責任を問われることになった。投獄を逃れるのは難くなかったが、(結局そうなったように)巨額の賠償金の支払いと懲戒《ちょうかい》処分は免れなかった。

その会合で合意した公式見解のおかげで、アルガスの死は、公務執行中の不可避の悲劇的事故によるものと発表された。当然ながら、発表では子どもたちのことにはふれず、

「犯人」という語が使われた。たまたまその午後は、ニーナという有名な歌手の死去がマスコミの注目をさらったため、アルガスの死亡記事は社会面の片隅に載っただけだった。

しかし、アルガスの妻はそれでは収まらなかった。夫が死亡した二日後、明らかな錯乱《さくらん》状態で、二人の娘の手を引いて市役所の前に陣取り、市長室の窓に向かって二十分間「人殺し」と叫び続けた。

痛みを人前でさらけだす行為が私は苦手だ。そのような場に立ち会わなければならなくなると、そうするまいとしても、どうしても脳が感情をブロックしてしまう。母が病院で死に、父が母の遺体にとりすがって号泣したときもそうだった。父が母を心から愛していたのは承知していたが、私自身は動転して言葉が出ないまま、そのシーンがひどく嘘っぽく思え、そう思ってしまう自分に、母の死以上に心が乱れた。突然、何も感じなくなり、だだっ広い空虚な病室の真ん中で、私たち全員が彫像のように固まってしまった気がした。「父さんはせいいっぱいやったじゃないか。ほんとに、よくやったよ」と、繰り返すのがやっとだった。

市役所前の広場で巡査の妻が叫んでいるのを見たときも、似たような感覚に襲われた。乱れた髪、思春期にさしかかろうとしている二人の娘、明らかな酩酊《めいてい》……。その所作にはどこかひどくみだらなものがあり、自分が同情を覚えられないことに後ろめたささえ覚えなかった。まるで宇宙のかなたをながめるように、私はオフィスの窓から広場を見おろした。叫んでいるのに、その叫びがひとつも響いてこない。彼女は、市長と、おそらく留置場で聞いているに違いないオルティスを交互に罵倒《ばとう》した。私はデスクに戻り、仕事を続けた。その時、声が途絶えた。思いがけない静寂の後、再びわめく声がした。が、そこでトーンががらりと変わった。

「あの子たちのせいだよ。あの子たちがあんなことをしたからだ！」

奇妙なことに、そのとたん、それまでの冷めた気持ちが消え、憎悪が湧きあがった。私がずっと隠してきた秘密、口に出せないまま、心の中に何週間も封じこめてきた恥辱が、さらけだされたかのようだった。私はいきなり椅子から立ち上がり、警察署長アマデオ・ロケの執務室に駆けこみ、あのあばずれをいつまであそこで叫ばせておくつもりかと問いただした。ロケは、啞然としてこちらを見返した。

あのあばずれ。

ある種の暴力的な言葉は一旦吐き出されると、その時の毒を保ったまま虎視眈々《こしたんたん》と、私たちと再び出会う機会を待ち続ける。修道院で辛抱強く処罰の機会を待ち続けた聖職者のように、二十年たった今でも、こうして書いたとたんに私を当惑させる。記憶の報復だ。その二日後、十一月六日のエル・インパルシアル紙のコラムを読むと、記者のビクトル・コバンは、町で起きつつあったことをその時理解していた数少ない人物の一人だったのがわかる。

放置すれば大惨事を招きかねない、路上の子どもたちの問題を前に、この期に及んでためらう無分別な人間は、フアン・マヌエル・ソーサ市長だけだろう。ウィルフレド・アルガスの死は個別のケースではなく、メタファーとなるエピソードだ。メタファーは手強い。あの子どもたちが理解できない言葉を話すことや、まるでここにいないかのように夜になると忽然《こつぜん》と姿を消すこと、これといったリーダーを持たないことはもとより、彼らがなぜそこにいるのかを我々がつきとめなければならないのは明白だ。

確かに、彼らの中に決まったリーダーはいないようだった。時としていずれかのグループが「陣頭指揮」をとっているように見えることもあったが、その動きからすると、一人が統率しているわけではなさそうだった。時には市庁舎裏に集まって、何時間も大勢で芝生の斜面をはしゃいですべり降りては、またのぼってすべるという遊びを繰り返していることがあった。変な顔をして仲間を笑わせたり、すぐに立ち上がって坂をかけのぼろうとして尻餅をついて大笑いをしたり、にぎやかに戯《たわむ》れているときの子どもたちは、私たちの子どもとほとんど区別がつかず、見ていて微笑ましかった。これが、普段見かけると、わざと通りの反対側に渡ったり足早に通りすぎたりして、私たちが避けようとしている、あの子どもたちだろうかと、驚いたほどだった。しかも、彼らの中には、「普通の」子どもたちには、ある意味、決して手の届かない喜びや自由さがあるようだった。きまりや禁止事項のない彼らの遊びには、私たちの子どもたちの遊びにはないおおらかさや子どもらしさがあふれていた。

今では重大な怠慢に思えるだろうが、サンクリストバルのように小さな地方都市の警察が最優先すべきは犯罪であり、あの段階ではまだ子どもたちのことは問題視されていなかった。警官が盗みの現場に居合わせ、捕まえようとした機会も何度かあったが、子どもたちはすぐさまちりぢりに逃げ去った。二つのグループがどこかで鉢合わせして言い争い、片方が引きあげていくことも珍しくなかった。全体的な指示で一体となって動いていたのなら、二つのグループのリーダーが話し合うなどしていただろうに、そういう様子はなかった。無秩序に、行き当たりばったりにけんかをし、なぜそこに来たかも忘れたかのように別れ、時にはメンバーが入れ替わりもする。彼らの行動を、ある生命体にたとえるのを聞いたことがある。巣の中のミツバチのように、いくつもの個体が寄り集まって、一つの共和国という生命体を形成していたのだと。だが、それなら、脳はどこにあったのか？蜂の巣なら、誰が女王蜂だったのか？

ビクトル・コバンがコラムで指摘した二点目――夜になると彼らが忽然と姿を消したこと――も、やはり不安を誘った。三十二人の子どもたちが夜になるとジャングルに入りこんでいたのが、まだその時点では知られていなかったことが、そのコラムからはわかる。彼らが数ヶ月間、川辺の遊歩道から一キロも行かない場所に住みつき、二、三度住む場所を移していたことが今ではわかっているが、なぜそこを選んだのかは（私たちから身を守ろうとしたためだったのは明らかだが）未だ説明がつかない。

私たちが彼らの言葉を理解していたら、あるいは私たちが理解できるように彼らが話してくれていたなら、事はもっと簡単だったのだろうか。難しい質問だ。今では失笑を免れないが、サンクリストバル・カトリック大学文献学部のペドロ・バリエントス教授はある論文で、子どもたちはニェエ語から派生する言語を話していたと断言している。ほかにも、「エスペラント語」の一種でコミュニケーションをとっているという説や、もっと突拍子もない、今ではナンセンスとしか思えない説も、当時はもっともらしく、大まじめに囁《ささや》かれた。

言葉に関して最も残念なことの一つは、音声記録がほとんど残っていないことだ。スーパー〈ダコタ〉襲撃のときの防犯カメラの映像には彼らの声が拾われたものがある。鳥のさえずりか、ジャングルのざわめきのような不明瞭な声。だが、目をつぶると、彼らの音楽のようなやりとりが、普通の子ども同士の会話のように聞こえてくる。不平のメロディーに続く感嘆のカデンツァ、歓呼の身振りへのいさぎよい是認、返答への鋭い切り返し。そして歓喜。あの子どもたちは、普通の子には見つけることのできない歓びの秘密を探りあてたかのようだった。彼らの笑い声を聞いていると、その声を生み出したというだけで世界に感謝したくなったものだ。しかし、何を言っているかはさっぱりわからなかった。

子どもたちが路上を駆け回っていたその数ヶ月の間、彼らのほうからこちらに話しかけてくることはまずなく、彼ら同士は、耳元で囁きあうようにして会話を交わした。たとえば「お金」という、こちらが完璧に理解できる言葉でも、彼らが言ったとたんに言葉が内側から歪んで、意味がわからなくなるようだった。私は言語学者ではないが、ほんの些細な条件で、言葉の主観的認知がこうも変わるものかと驚かされる。仮にあの子たちが完璧なスペイン語で話したとしても、私たちは彼らの言うことが理解できず、別の言語で話しているとと思ったことだろう。

とはいえ、どのヒエログリフにもロゼッタストーンがあるものだ。私たちの場合、それはアンタルティダ地区に住む、当時十二歳だったテレサ・オターニョという少女だった。彼女がいなければ、あの子どもたちのことはこれほど客観的な広がりを持たなかっただろう。彼女はある意味で（今もそうだ。当時とはまったく違う理由でだが）サンクリストバルの典型だった。母親はニェエの血を引く主婦、父親は内陸の農村部生まれの評判のいい医者で、町の中心部の診療所はいつも混み合っていた。テレサは、マヤのバイオリン教室に通っていそうな娘だった。教養があり、聡明で、昔からの良家の出ではないがとりすましている。テレサ・オターニョには十二歳にしてすでに、あの時代のある種の階級意識の萌芽《ほうが》が感じられた。

サンクリストバルの中産階級は――ざっくりとした表現だが――ミルクの壺に落ちた三匹のカエルの有名な寓話《ぐうわ》を思い出させる。楽天的なカエルと、悲観的なカエルと、現実的なカエルのうち、楽天的なカエルは「こんなちっぽけなところで溺《おぼ》れるわけがない」と思い、何もせずのんびりかまえているうちに、最初に沈んで死んでしまう。すると、悲観的なカエルは「楽天的なカエルが死んでしまったのに、自分が助かるわけがない」と思い、絶望してころっと死ぬ。けれども、三びき目の現実的なカエルは、浮いていようとずっと足を動かし続けていた。仲間が死んでいくのを見て、やけくそで足を動かすうちに、ふいに何か硬いものが足に触れ、それを足がかりにして外にぴょんと飛び出した。足をさかんに動かしたので、ミルクがバターになり、現実的な行動（か絶望）が三番目のカエルを救ったのだった。何十年も辛抱強く、たゆみない努力を続けた結果、サンクリストバルの中産階級の多くは、それなりに裕福な暮らしを手に入れた。十年前までは、小さな小屋の家賃を払うのに四苦八苦していた家族が、比較的立地条件のよい土地を手に入れ家を建てた。テレサ・オターニョは、本人が知ってか知らでか、そういう階層の娘だった。新しい富裕層の住む、ジャングルに近いアンタルティダ地区から、友だちと聖コンセプシオン学園に通い、母親に手をひかれてランを売るニェエの子どもたちをさげすんでいた。

オターニョは二十五歳のとき、子ども時代の日記を出版した。三十二人の命が奪われた事件の十三年後のことだ。日記は、瞬《また》く間に地元のベストセラーとなった。マキアヴェリズム的思考の持ち主でも生み出せそうにない、巧妙なヒット作だった。あの事件はまだ人人の記憶に新しく、あの事件に関するものならどんなものでも、それなりのヒットが期待できたのだが、あの日記はこれまでにない特徴をそなえていた。少女の視点だ。社会をあれほど騒がせた子どもたちを見つめる一人の少女。ほどなく『アンネの日記』と比較されもした。曲芸師の腸《はらわた》よりもねじくれた前書きのフレーズが『アンネの日記』を連想させたのだ。確かに少女オターニョには、ある種の天分があった。その年齢相応の子どもらしさと非凡な自意識を、絶妙なバランスでミックスしてみせたのだ。自分の日記と真摯に向き合ったオターニョは、「二十年後にこの記録を読んだなら、自分はなんと恐ろしい子どもだったのかとわたしは思うだろう」と、ごく普通の十二歳の頭脳からはとうてい出てきそうにない文章を冒頭に書いている。

しかし、テレサ・オターニョは、裕福で感受性豊かだったという以上に非凡なことをやりとげた。三十二人の子どもたちが話していた言葉の法則性を発見したのだ。すべては偶然の美しい連鎖のおかげだった。テレサの家のあるアンタルティダ通りの角には、あの子どもたちがよくたむろしていた。夜、ジャングルに帰る途中、彼らが落ち合う中継地点になっていたのだ。彼女は好奇心をかきたてられて、子どもたちを見かけた日付や人数、服装などをメモするようになった。パターンをつかみ、何人かを見分けられるようになり、やがてそのうちの一人――最初は〈前髪の子〉、後には〈ネコ〉と呼んでいた少年――に淡い恋心を抱くようになった。

〈ネコ〉は、三十二人の多くがそうだったように、テレサ・オターニョの日記によればひっきりなしにタバコを吸っていた。大人の悪癖を子どもが身につけると、際限がなくなることがある。彼はたむろする子たちの中では年長で、十三歳くらいだった。自宅の玄関の向かいの塀のところで、道に迷った外国人みたいに〈ネコ〉がタバコを吸っている姿を、彼女は何度も書き留めていた。「彼がへいに近づいた。ズボンのチャックの音、板におしっこがあたる音、つばをはく音が聞こえた。それから彼は前かがみになって、おでこをへいに押しつけた」と精神分析医が見たなら性の目覚めと解釈したがりそうな場面も中にはある。テレサ・オターニョの日記がベストセラーになった理由の一つが、特に前半にこういったくだりがふんだんにあったことであるのは否めない。

サンクリストバルの多くの子ども同様、早熟だった彼女は、自分たちのような地元の子どもと、彼らの間には溝があること、それには、貧しさや親がいるとかいないとかの問題だけではない、もっと深い何か、（彼女の言葉を使えば）「腹に深くねじこまれた」価値観までゆるがすような何かが関係していることを、ぼんやりと感じとっていた。だが、「わたしはいっぱい考えてるけど、だまってるんだ」と子どもっぽい表現で彼女が書いたことを、当時の社会は決して理解しなかった。あの時起きていたことを、これほど的確に指摘した言葉はほかになかっただろうに。その少しあとでは、こうも書いている。「わたしたちは外であの子たちを見かけても、あの子たちがいないみたいにふるまうの。だけど、あの子たちはわたしたちを見てる。何も言わないけどハゲタカみたいに」と。

友だちと聖コンセプシオン学園に通う通学路は、少女テレサにとって小さな冒険に変わった。「今日、あの子たちがわたしたちの横をかけていったとき、一人の女の子のかみの毛が、こちょこちょってうでをかすっていった」とても遠いけれど、とても近くにいる子どもたち。その数週間後には、彼女の友人の一人が、一人で通学するのを親から禁じられた。親が恐れを抱いたということは、〈ダコタ〉襲撃の前からすでに三十二人の子どもへの警戒心が町で芽生えていたことの確かな証拠だ。

誘惑するものと、自分を脅かすもののどちらに、人はより強くひかれるものだろうか。誘惑と脅威は対立するどころか、時としてほとんど見分けがつかなくなる。日記でも、テレサが危険を知りつつ、誘惑にあらがえない様子が見てとれる。しかも黙って見ているだけではない。学校のおやつに持っていったサンドイッチを半分残しておいて、帰り道で無邪気をよそおって彼らの目の前で取り出してみせたり、庭の、外から見える場所でわざと遊んだりしている。しまいにそのうちの一人に恋をしても、何の不思議があるだろう。

〈ネコ〉は、三十二人の見えない魂を凝縮《ぎょうしゅく》した存在にほかならなかった。

彼女の日記の一番の読みどころは十二月二十一日の冒頭だろう。彼らの言葉の法則性を彼女が発見する場面だ。しかし、その前に、その日何があったかを説明する必要があるだろう。

「路上の子どもたち」（三十二人のことを、当時そのように呼ぶことがあった）に、サンクリストバル市民が無関心でいられなくなった、あの事件の少し前にも、ある出来事があった。社会福祉課は毎年クリスマスの時期に、恒例の助け合いキャンペーンを行う。恵まれない家庭に基本物資を配布する事業だが、その年は「天使的な」趣向が加えられた。物資を夜の間に玄関先にそっと届けておくことになったのだ。それは、会議の退屈しきった空気の中から飛び出した、突拍子もない思いつきだった。ここはコペンハーゲンではないと、一言でも分別のある意見が出れば違っていただろうに、誰も反論せず、肝心なときに良識が失われ、十二月二十日の夜――こっそりと届けるという趣向に、その時は内心鼻高高で――、心ある人々の寄付と市の残予算で購入された三トンもの基本物資が小分けにされ、個人宅や食堂や施設の玄関に配られた。

翌朝、大騒ぎになった。朝六時、町が目覚めたとき、前の晩に玄関先に置かれたはずのプレゼントは、すべて路上にぶちまけられていた。米や小麦粉は袋を破られ、そこらじゅうにまき散らされ、油の缶や牛乳の容器はつぶされていた。缶詰は開けられて虫がうじゃうじゃたかっている。役所に行こうと家を出たところでその惨状を目撃した私は、怒りで気も狂わんばかりになった。うちの近所にも、手当たりしだいに破りすてられた菓子の外袋が散らばっていた。袋に残った噛み痕は、どう見ても野生動物のものではなく子どもの歯型だった。地面にまっ白につもった小麦粉に笑った顔が描かれ、米がばらまかれていた。あの子どもたちだ。誰の仕業《しわざ》か、隠そうともしないふてぶてしさ。調子にのった悪ふざけで、すべてが台無しになった。行政の施策への紛れもない侮辱だ。食品を食べるか、あとで食べようとして盗んだのなら、まがりなりにも目的は達成されたことになる。だが、それは何にもならない、単なる破壊行為だった。

その日の夜、十二歳の少女テレサは、彼らが前の晩のことを話しているのを自分の部屋で耳にした。彼女の日記によれば、仲間を待って夜のねぐらに戻ろうと、そこにたむろしていた子どもは六人いた。女の子二人と男の子四人、その中に〈ネコ〉もいた。興奮さめやらず、普段よりトーンが高かったのだろう、声ははっきりと聞きとれた。最初は直感だった。数学の問題をもうちょっとで解けそうなときの感覚だ。そのあと、その感覚が消える。「わかるような、わからないような」とテレサ・オターニョは書き、「この子たちは言葉をしゃべってるの?」と続けている。

世界の何百万もの子どもがするように、彼女は友だちとこっそりと連絡をとりあうために秘密の暗号をあみだしていた。仕組みはごく単純で、言葉の終わりか真ん中に「か行」の音を加えるというものだ。「ことば」なら「ことばか」、「えんぴつ」なら「えんぴきつ」とか「えんぴつく」とする。そのシンプルな暗号を使って、彼女は授業中に友だちとメモをまわしあっていた。三十二人の子どもたちも、そんなふうにしてもっと洗練した言葉を作り上げた。いくつかの言葉や簡単なフレーズを「理解」したテレサは、彼らが「天使の」助け合いキャンペーンをぶちこわしたときのことを話しているのがわかった。一人の少年が、何も——食べ物のことを言っていたに違いない——とっておかなかったといって、小さい子たちを責めると、小さい子たちは、おまえのせいだと言いあいになり、しまいに一人が泣き出した。泣いている子に〈ネコ〉が、うるさい、黙れと言うと、その子は、「黙らないよ。命令するなよ、いばるなよ」と言い返した。しばらく口げんかは続き、しまいに(テレサ・オターニョによれば)こんな魅力的なせりふが飛び出した。「じゃあ、おまえは、いつでも本当のことを言えっていうのかよ」

テレサ・オターニョによって「翻訳された」、どこか意味不明の、この最初の会話を読み返すたび、犬の吠え声やイルカの鳴き声がいきなり言葉として聞こえてきたかのような、ある種の感動を覚える。私たちがもう少し才知や判断力を持ち合わせていたなら、あの子たちの言うことを理解できたのではないかと思うと、エルドラドやピラミッドの秘密より貴重なものを失ったかに思えてくる。彼女の理解は、彼らの会話の全容をとらえるにはほど遠く、彼女のおかげでわかった言葉で埋めたところで、まだそこには大きな意味の空白が口をあけている。

偶然撮られた数時間の映像を何年もかかって解析し、社会言語学者のマルガリータ・カデナス教授は後に「新しい言語」と題する論文を書きあげた。専門分野においては一顧《いっこ》だにされなかったが、カデナスは、学術的というより空想的な、大胆な論を展開した。三十二人のコミュニティーにおける新たな言語は、他の集団に対して暗号を持つ必要性からではなく――子どもたちは、テレサ・オターニョが友だちと授業中にしたように、言っているることを町の人々に知られないようにあのような話し方をしたのではなかった――遊びの衝動、創造の衝動から生まれたものだという説だ。子どもたちは、新たな環境、新たな暮らしの中で、新たな言葉を必要としたとカデナスは推論する。まだ名前を持たないものに名前を与えるための新たな言葉だったのだと。カデナスはソシュールが説く記号の恣意性《しいせい》に異議を唱える。ソシュールの理論とは、言葉と名づけられた物の関係には法則がなく、「テーブル」という物が、「木」や「広場」ではなく「テーブル」と呼ばれることには、論理的根拠はないという考えだが、彼女によれば、「子どもたちが遊びを通して、スペイン語をベースに作り上げた」言語は、正反対の形で成り立った。「彼らは、恣意的にではなく、物と意味をもってつながる言葉、物の本来の性質から自然発生的に生まれる魔術的な言葉を模索した」のだ。

鳥はおずおずと巣から出て、落下すれば死ぬような高さから飛びたつとき、飛行技術についての哲学論文を読むわけではなく、ただ飛ぶだけだ。鳥の行為は、何千年も遺伝子に組み込まれてきた情報にささえられ、すべての飛翔《ひしょう》の情報は、はばたく前から脳内ですべて組み立てられている。三十二人の子どもたちは、その新たな言語を初めて発する前に言語学会を開いたわけではない。彼らの言葉はコミュニケーションの必要性から生まれたのではない、遊びから生まれたのだという点を、カデナスの論文はとりわけ強調している。文法的には、スペイン語をベースとし、さまざまな要素が融合していた。時制は、直説法現在形だけにしぼりこみ、時間は時を表す言葉を添えることで示す。カデナスによれば、

「私はきみの家に行った」という場合、「私は昨日きみの家に行く」と表す。構造的に見ると、彼らの言語は単純な形をとったが、逆に語彙《ごい》的には、創造的で混沌とし、増殖していった。

カデナスいわく、子どもたちは――テレサ・オターニョがしていたように――音を繰り返したり、「時間《ティエンポ》」を「ポティエム」、「明らか《クラロ》」を「ロクラ」とするように、音を入れ替えたりして作り出すこともあったが、多くの場合は何もないところから新語を作り出し、自分たちのものにしていった。だから、一つのものを表すのに、二つ三つの違った語が同時にできあがることもあった。テレサ・オターニョの日記とカデナスの粘り強い調査のおかげで、この最後のグループ――何かのきっかけで作り出された言葉――のうち、「暗い」（あるいは「夜」）を表すブロダ、コミュニティー（「家族」「グループ」）を表すトラム、ジャル（「広場」「待ち合わせ場所」）、メル（「空」）、ガロ（「戦闘」「対立」）などの言葉がわかっている。これらの言葉は生まれたばかりで、子どもたち自身もこの先どうなるのか、わかっていなかったに違いない。だが、寄り集まるようになっていくらもたたない子どもたちが、新しい言語をそこまで素早く学んで使いこなした事実をめぐる謎を論じれば、本がもう一冊書けるだろう。私はその手のことには最も不向きな人間だが。

窓からこっそり外をうかがっていたテレサ・オターニョは、しかし、それでは終わらなかった。彼女の日記には、「小さな野蛮人」たちへの執拗な関心以上に、着目すべきことがある。理解不能なものに対する、どうしようもない軽蔑《けいべつ》だ。本当に恐ろしかったのは、町で形づくられつつあった集団心理を彼女が体現していたことだった。私たちが彼らを見かけ、彼らは何を言っているのか、夜はどこに隠れているのかとあれほど考え、そして彼らをあれほど恐れ、それを認めまいとしているあいだにも、あの子どもたちはすべての名前を変え始めていたのだ。

第一次世界大戦でヒトラーが発見したことは、大衆の怒りや怨恨《えんこん》を一つの方向に導けば、常軌を逸した計画に国民を引きずり込めることだとよく考えられているが、そうではなく、気づいたのはもっとちっぽけで月並みなことだというのを、どこかで読んだことがある。人々はプライベートな生活を持ったり、人を愛したり、家で読書したりするよりも、いつでもセレモニーや集会や行進をしたがっていることに気づいたという説だ。マヤが死んだ今、結婚の本当の目的は、話すことにほかならないと私は思うようになった。結婚とほかの人間関係を違うものにするのも会話なら、なくなったときに恋しくなるのも会話だ。隣の奥さんが不機嫌だったとか、友人の娘の器量が悪いといった、たわいのない日常会話、毒にも薬にもならないやりとりが、親密さの本質となる。妻や父親や友人を亡くしたときに、だから私たちは涙する。

マヤが死んで数ヶ月たったとき、彼女の密かな楽しみはなんだったのだろうという疑問に襲われた。彼女はどんなことに小さな歓び、ささやかな慰《なぐさ》めを見出していたのだろう。そういう秘めごとも彼女とともに消え去ったと思うと、彼女の存在が原子の粒より小さくなってしまったようで胸が痛んだ。しかし、たよるべきよすがはある。彼女の手と、手つきの記憶だ。ロシア風の曲かフランス風の曲か、求めるのが正確さか情感かによって、どう楽器と向き合うべきかを生徒に説明するときの彼女の手つきを思い出す。正確さは腕にあり、情感は手に、もっと厳密に言うなら指の骨にあった。彼女の指が見え、一九九四年のクリスマスに自宅で開いたコンサートの記憶が蘇《よみがえ》ってきた。

マヤは私と出会う前から、クリスマスシーズンになると教え子たちとミニコンサートを開くことにしていた。生徒たちはそれぞれ実力にみあった曲に取り組み、家族の前で披露する。最後にマヤが女友だちと弦楽三重奏を演奏した。妻がバイオリンを弾くときの顔は、いつも私を感動させた。意識を集中しながら、ゆっくりと虚空を落下していくような顔。細くのびた脚ですっと立ち、片足をもう一方の足よりも軽く前に出し、クッションに頭をあずける姿を思わせるかっこうで、バイオリンにあごを乗せる。あごを強く押しつけているので、唇《くちびる》が普段よりやや厚ぼったく見える。目はたいがい閉じ、譜面をさっと見るときしか開けない。音楽は、相対的に暗い場所からしか生まれてこないかのように。

その日、コンサートは我が家の庭で開かれ、クリスマス精神を嫌うマヤはタルティーニの「悪魔のトリル」を弾いた。彼女がこよなく愛し、いつでもすばらしく弾きこなした曲だ。生徒たちの演奏は、これといって心に残ることなく進んでいき、マヤの番がきたとき、庭と道路の間の生垣の下から、三つの顔がのぞいているのに気づいた。男の子二人に女の子一人。十歳から十二歳くらいの子どもだ。生垣の下からもぐりこみ、髪に木の葉がくっついている。同じ野生動物が三匹ならんでいるようだったが、それぞれの特徴は今もはっきりと覚えている。男の子の一人は表情豊かな大きな口をしていて、もう一人は瞼《まぶた》がたれている。女の子は三人のうちで一番体が大きく、四角い顔から、うちわのような耳が突き出し、いかにも疑い深そうな顔つきをしていた。

食料品の配布事件の直後で、私は毎日メディアにさんざん叩かれ、苛立《いらだ》っていた。エル・インパルシアル紙の漫画では、ボロボロの服を着た子どもたちをひきつれたハーメルンの笛吹きの姿で風刺された。だから、三つの薄汚れた顔がのぞいたとき、まるで侮辱《ぶじょく》されたかのように不愉快になった。そこで、マヤの演奏の間に、一人でもいいから捕まえてやろうと私は決心した。女の子の手をがっしりと――暴力は使わないが――つかんで、サンクリストバルの一時保護センターに引きずっていくのだ。クリスマス前に世間の口を封じるには、もってこいの機会だ。

　マヤがタルティーニのソナタについて話し始めた。彼女が生徒にその曲の説明をするのは、前にも聞いたことがあった。修道士ラランドが、フランスからイタリアへの旅行記で語ったエピソードによれば、一七一三年のある夜、タルティーニは悪魔の出てくる夢を見た。不穏なやりとりの後、有名な作曲家になるという夢とひきかえに、タルティーニは悪魔に魂を売った。そして夢が現実になったかどうか確かめようと、悪魔に自分のバイオリンを渡し、曲を作るよう頼んだ。すると悪魔が、これまで聴いたことのない、みごとなバロック調のソナタを弾き、タルティーニはくらくらして目が覚めた。そしてすぐさま、ろうそくの明かりで――その曲のために本当に悪魔に魂を売ったのか、ただの夢だったのかはわからない――覚えているメロディーを書き留め、「悪魔のトリル」という曲名をつけたという。

　マヤは、芝居がかった間をとってから、「眠っている人が書いたソナタです」と、しめくくった。

　三人の子どもたちが隠れ場所で眉《まゆ》をひそめるのが見えた。その顔には信じられないという表情が浮かんでいたが、やや警戒心がゆるんだようだった。悪魔だの夢だのという、半分嘘のようなメロドラマ的な語りのせいだろう。子どもたちは肘《ひじ》をついて手のひらに顔をのせ、マヤに見入っていた。私は椅子から立ち上がり、できるだけ目立たないように垣根に近づいた。マヤが演奏を始めると、さりげなく庭木にもたれた。そこから少女の手が見えた。モグラの鼻面のように垣根の下からのぞいている。曲がアレグロのところに来たら、その手に飛びついて力ずくで捕まえてやろうと私は決めた。

一瞬の出来事だった。その手に飛びついた瞬間、しくじったと私は思った。最初に感じたのは少女の手の小ささと温かさだった。石のように硬かったが、子どもの手のなじみの感触に、散歩に行くときに何回となくつないできたニーニャの手を思い出した。ぐいっとひっぱると、簡単にひきよせられた。顔よりも、口がまず目に入った。小さな井戸のように、ぽっかりとあいた口。激しく足をばたつかせキーキー叫ぶので、人間ではなく巨大な昆虫をつかまえたかのようだった。いったい自分が彼女のどこをつかんでいるかもわからなくなった。柔らかいと思ったところが硬く、関節が思いがけない方向に曲がる。金切り声に耐えかねて口をふさごうとすると、少年二人がとびかかってきて、私の顔をひっかき始めた。

恐怖心と思考の間には不思議な関係がある。恐怖は思考を抑制することもあれば、促進することもある。私はすぐには諦《あきら》めず、片手で少女の手をつかんだまま、もう片方の手で顔をかばった。爪ではなく、細い木の枝でひっかかれているかのようだった。一瞬、方向感覚を失い、私は倒れた。少女の手を離すと、次の瞬間には何もかもが終わっていた。マヤが駆けよってきてたずねた。

「だいじょうぶ？　わたしのこと見える？」

「ああ。なんでだ？」答えながら瞼に触れ、その手を目の前に近づけると、血だらけだった。

傷は派手に見えたが、顔を洗ってみると何本か引っかき傷があるだけだった。だが、あの三人の子どもたちが目をえぐりだそうとしたという感覚は、最初は妄想として、後には悪夢となって、一晩中つきまとった。タルティーニが見たように、私の夢にも訪問者が現れた。三人の少女が運命の三女神のように夢の中で近づいてきて、私の目を小さな手でえぐりだす。痛みは感じず、声をたてないまま夢は続き、私は突然目が見えなくなって、声だけを聞いている。少女たちは、私のまわりで歌ったり遊んだりしている。闇は脅威ではなく、心地よい。私は説明のつかない幸福感を覚える。これまで私を悩ませてきた、少女たち――あるいは私――の問題を、もう解決しなくてもよくなったからだ。見ることから解放されたのが、なぜか非常にうれしくて、ふわふわした暖かい毛布にくるまるように、私はその夢の中にもぐりこむ。すると、少女たちが近づいてきて、私の頭を撫《な》で始める。子どもらしい、ごく短い愛撫《あいぶ》だ。

「見なきゃだめ」と、少女たちが言う。

そこで、私は目を開けた。

クリスマスシーズンの後でスーパー〈ダコタ〉の襲撃が起きたのは、おそらく偶然ではなかった。幸福な人々と悲惨な状況にある人々の違いが、これほどあらわになる時期はほかにない。サンクリストバルのクリスマスには雪も七面鳥の丸焼きもなければ、サンタクロースも来ない。十二月のうだるような暑さがあるだけだ。長い雨季には、スコール、蒸し暑さ、スコールが際限なく繰り返される。スレートの屋根がじりじり焼かれ、屋内はサウナになる。高温と多湿でビジネスやサービスは遅れ、睡眠は浅く短くなり、人々はサンクリストバルと本物の文明との隔《へだ》たりをつきつけられる。ただエレ川だけは、教訓を棚上げにした寓話《ぐうわ》のように、いつもどおり平然と流れている。

〈ダコタ〉の襲撃は、まさにそんな時、クリスマスシーズンが終わった直後の一九九五年一月七日に起きた。八日の報道は矛盾だらけだったが、それでもその日の記事を寄せ集めれば事件のおおよそのなりゆきが把握《はあく》できる。その日の朝早く、四人の子どもがスーパーマーケットの入り口付近に現れた。それ自体はよくあることだった。しばらくそこらをうろちょろして食べ物をめぐんでもらい、やがて去っていく。新聞によれば、そこまではいつもどおりだった。ところが、子どもたちは正午ごろにまたやってきた。〈ダコタ〉の店長の証言によれば、子どもたちが日に何度も来ることは普段はないのだが、その日は違った。しかし、今度は物乞いをするのではなく、「スーパー前の駐車場にすわりこんで遊び始めた」「十二歳か十三歳くらいの子たち」だったという目撃者もいれば、遊んでいたのではなく、「言い争っていた」という者もいる。そして、全員が口をそろえて指摘するのは、リーダーがいなかったということだった。これは、彼らに関して残されたあらゆる映像や写真や記録で確認されている。

午後一時に、子どもたちのうちの三人が店内に入って飲み物を盗もうとして、警備員につかまった。防犯カメラに映った警備員の残忍さと、それを眺めている客たちの消極性――暴力を承認していたわけではないが――は、今見ても背筋が寒くなる。警備員が子どもをなぐりつけるのを、誰一人止めようとせず、いさめもしない。そのカメラの映像を少年審判の国際機関に送りつけたなら、それだけで警備員は即刑務所に送られたことだろう。

だが、一九九五年一月七日の真っ昼間のスーパー〈ダコタ〉では、十五人以上、大の大人が居合わせたのに、誰もが見て見ぬふりをした。取材を受けた店長は「行き過ぎに見えるかもしれませんが、こちらも腹にすえかねていたんですよ。あの子たちは毎日やってくるんで」と言い訳した。

これを見て、「最小限の法則」を使えばよかったと言う弁護士がいるかもしれない。世界中の司法で用いられている刑罰の法則だ。つまり、ある利益を得ようと罪が犯されたとき、それを抑止するには、犯罪で得た利益よりも大きな損害を与える刑罰を科せばよいという考えだ。簡単な例で言えば、泥棒が二羽の鶏を盗んだなら、三羽弁償させるもの。なるほどと思わせる法則だ。だが、「同等ではない」条件に依拠するので、刑罰は結局、実現されないことが多い。それに、二羽鶏を盗んだ泥棒に三羽の代金を弁償させたところで、当の泥棒の社会復帰や、犯罪の抑止にはつながらない。つきつめて考えれば――再犯を確実に防ぐのが罰則の目的なら――泥棒を罰する必要はないのではないか。ただ泥棒を隔離し、罰せられているように見せかければいい。罰を受けていると想像されれば十分だ。あの三十二人の子どもたちにすべきだったのは、そういうことではなかったのか。一人か二人をしばらく隔離して、耐えがたい罰を科されたという幻想をほかの子どもたちに抱かせる。子どもたちの中には、最初は憤《いきどお》り――あるいは、救い出さなければという強い願望――が起こったかもしれないが、長い目で見れば、その憤りが体を浄化しただろうに。

しかし、暴力は思いがけない方向に向かった。一月七日の防犯カメラの映像を見れば確かめられる。警備員とのトラブルの後、駐車場にいた子どもたちがすぐに反乱を起こしたわけではなく、しばらく平和な時間があった。映像によると（警備員に暴力を受けた子どもも含めて）、子どもたちは再び外で、何事もなかったかのように遊び始めた。映像では三十分間、そのまま外にいるのがわかる。子どもたちは鬼ごっこのような遊びをしている。二つのグループに分かれ、頭にTシャツを巻きつけた子が一人いて、一方のグループはその子を守ろうとし、もう一方は捕まえようとする。捕まると、頭にTシャツを巻いた子の上に次々とみなが折り重なって、小さな山ができる。

防犯カメラは駐車場全体をカバーしていないが、ちらちら見える映像から、時間を追うごとに子どもたちの人数が増えていくのがわかる。まるでエコーが広がっていくようだ。最初はのんびりしていた遊びが、しだいに白熱していく。遊びが終わると、スーパーの大きな看板が作る日影に、みな大の字になって寝そべった。このとき子どもは二十三人だった。最年少は十歳に満たない子で、最年長は十三歳くらい。何人かが言いあいを始め、だんだんとエスカレートするのが身ぶり手ぶりからうかがえる。突然ほとんど全員が立ち上がり、腰に手をあて、いどむように肩をそびやかす。女の子の中の幾人かが、何人かずつかたまって、駆け回り始める。一人の肩をぽんと叩き、どっと笑いながらちりぢりになる。リーダーはおらず、どこにも計画性はない。陰謀をめぐらすような動きはないし、何かを打ち合わせたり襲撃の計画を練ったりしている様子も見られない。子どもたちの動きはてんでんばらばらで、たわむれているようにしか見えない。

なぜあの時、あれほど大勢の子どもが一所《ひとところ》に集まったのか。どうして次々とやってきたのか。十四時四十分には、駐車場にいる子どもの数は二十八人になっていた。それは（ヘラルド・センサナが撮った遊歩道に並んだ三十二の遺体の痛ましい写真を除けば）、記録された中で最も大人数の「集合写真」だった。全体の三分の一が女の子だが、性別がはっきりしない子も多い。Tシャツにジーンズか短パンという、みな似たようなかっこうだ。薄汚れているが、集団でいるとさほど目立たない。よく言われる、子どもたちの衛生状態の悪さについての真偽は、検討し直されるべきかもしれない。

子どもたちがスーパーに入っていったのは、防犯カメラの時計が15：02を指している時だった。警備員が立ちはだかって、先頭の子どもを二度ほど押し返したが、どやどやと続いて入ってきた子どもたちに圧倒された。あるグループにいつもついて歩いていた白い犬が店員に吠えかかり、警備員に嚙みついた。ナイフはいきなり現れた。金物売り場から盗んだものと、精肉部や鮮魚部の包丁と。何度も指摘されたことだが、殺傷に及んだのは子どもたちのうちのせいぜい五、六人で、あとの子たちはその間もずっと、子どもっぽいいたずらに興じ続けていたことは、防犯カメラの映像が裏づけている。カオスとまとまり、秩序と無秩序の間のゆらぎは、何でも手当たりしだいに壊していいといきなり言われたら、どんな子どもでも見せそうな動きだ。子どもたちは、いきなり手にした自由に戸惑ったように、顔を見合わせる。最初に歓喜が爆発した。乳製品売り場で、三人の子どもが牛乳パックを床に放りなげ、その上でとびはねてつぶし始め、別の男の子は小麦粉の袋を女の子の頭の上にぶちまけ、女の子が泣き出した。上を向いて大きく開けた口の中に、シリアルを流し込んでほおばる子、ほうきの柄《え》をふりまわして、ワインを叩き割る二人。その場にいたなら、思わず苦笑しそうな光景。大人への反抗と蜂起を絵にしたような、子どもの夢の体現だった。しかし、次の瞬間、笑みは凍りついた。血祭りが始まったのだ。

サンクリストバル警察署長アマデオ・ロケ、市長、家庭裁判所の少年担当裁判官パトリシア・ガリンドと私は、その夕方、防犯カメラの映像を三つに分類した。グループAは、内容からして何があっても公表すべきではないもの、グループBは、襲撃前の状況（主に駐車場の場面）を捜査するために公表できないもの、グループCは、メディアからの強い要請にこたえて公表するもの。

どういったものを最初のグループに入れたか、説明するのは難しい。子どもたちは校庭で遊ぶ児童のように入り乱れ、暴力行為（ほとんどはナイフによる）は図式的で、刺された犠牲者は、下手な演技をしているか、ただつまずいたかのように倒れていった。子どもたちの多くはドアのそばに集まり、泣き出す子や、数メートル離れたところから犠牲者をのぞきこむ子や、あまりのショックにその場に呆然と立ち尽くしている子もいる。襲撃の長さと、その不器用さ、居合わせた者の雑多な行動には呆れさせられる。どこ吹く風と、出入りする人々。棚の向こう側で十歳の少年が男性の腹にナイフを突き立てているときに、混乱に乗じてヘアカラー剤を盗んでいく女性。子どもたちは店に入る前には犯行の意図はなく、遊びが嵩《こう》じて調子に乗り、悪ふざけの延長で殺人に至ったのではないかという説――私には最も真実味が感じられる――は、こと犯行時間の長さと無計画さという点から納得がいく。もしも計画的だったのなら――いかに杜撰《ずさん》でも――、事はもっと迅速に、ためらいなくなされただろうし、はっきりした目標が感じられたはずだ。

暴力は始まったときと同じく、ふいに終わったように見えた。四分間、スーパー内は恐ろしく静かだった。けが人がはいずり、子どもたちは鮮魚売り場付近に集まっていた。中にはまだナイフを手にしている子や、商品を投げ続けている子もいたが、一人だけ、防犯カメラの前で、凍りついたように突っ立っている子がいた。あっけなく終わったチェスの試合のあとで取り残されたポーンのように。あの子はあれほど一心に、何を見ていたのだろう。あの場所で本当に起きたことを知ること、あの場の本当の空気を吸うことは不可能だ。あの惨劇を生き延びた者でさえ、「悪夢のようでした。何があったか、とても説明できません」と言うだけで、それは、いかに理解しがたい出来事だったかを物語るだけだ。公表された文章をさんざん探しまわったあげく、ようやく真実のざらっとした手触りのある証言が見つかった。一つは、子どもたちは「昆虫のような顔」をしていたと断言した女性の言葉。もう一つは、「私たちはみな自分が何をしなければならないか、完璧にわかっていました」というスーパーのレジ係の男性の証言。この二つ目の証言を読んで、数ヶ月間私は眠れなくなった。

襲撃の収束もわけがわからなかった。防犯カメラの映像では、子どもたちは全員魚売り場に集まったあと、いきなり出口のほうに駆け出している。ただひきあげるというより、だっと出口に殺到する。突然何か、どうしようもない恐怖にとりつかれたかのように。

15：17には、すべてが終わっていた。スーパーのまわりに人だかりができ、子どもたちはジャングルに消えていった。結局その惨劇で、ナイフで刺されて三名が負傷し、男女一名ずつ、計二名が死亡した。しかし、その時私たちは、数字にはならない、限りなく確かな実感を持った。それは、後戻りできないプロセスが始まったという、恐怖にも似た確信だった。

恐れている相手のことは、恋しい相手と同様たえず気にかかるものだ。ちっぽけな発見だろうが、襲撃の後でそう思い至ったとき、二つの相容れない大陸が結合したように感じた。自宅のテラスでニーニャが宿題をするのを手伝いながら、あのコンサートの午後、三人の子どもが顔をのぞかせた生垣をよく見つめた。奇妙なことに、背丈や体格や重さなど、彼らの体の感触はまざまざと思い出せた。そしてニーニャに目を移すと、再びその感触が蘇《よみがえ》ってきた。ノートにかがみこんでいるニーニャの白目と浅黒い肌との美しいコントラスト、丸みをおびた額《ひたい》、頰の線、言うことをきかない豊かな髪を、私はそっと盗み見た。「我々がこれまでと違った目で、まるで敵を見るように我が子を見始めたとしても無理はない」と、一九九五年一月十五日のエル・インパルシアル紙のコラムでビクトル・コバンが書いている。それは一理ある。あの子どもたちの懸命な捜索の空振りと、突然我が子に抱き始めた不安は地続きだった。あの子どもたちのことを考えれば、自分の子どもたちのことも考えずにいられない。あの子たちは、私たちの子のネガのようだった。

事件直後、住民の間には、相反するようだが、実は互いに補完しあう三つのリアクションが見られた。ショックと復讐願望と憐《あわ》れみだ。〈ダコタ〉襲撃で、人々は感情を揺り動かされた。多くの市民が物乞いの子どもたちに示してきた、寛容や善意の形をとる憐れみの感情が、最初は罵《ば》倒《とう》に、続いて怨《えん》恨《こん》に変わった。犠牲者の家族は市庁舎の前にテントをはって泊まり込み、責任者（その中に私もいた）に出てくるよう要求した。さらには、その勢いで議会を開かせ、当初は「山狩り」と呼ばれたが、相手が子どもなので後に「捜索」と言い換えられた作戦の実施が決議された。

捜索のとりかかりが遅れても、子どもたちはジャングルにいるものと思いこんでいたので、私たちは気にかけなかった。なんと言ってもたかが子どもだ――自分たちがこれまで誤りをおかしたことなどないかのように、そう考えていた――、そんな遠くに行けるはずがないと思っていたから。ジャングルに入ったら一気に力ずくでつかまえ、少年裁判にかけるつもりだった。だが、事件のことが全国的な話題になると、事態は思いのほか厄介になった。防犯カメラの残酷な映像が国じゅうのテレビ局で再生され、記者が押し寄せ、サンクリストバルは蜂の巣をつついたようになった。市民の証言はまちまちで矛盾だらけだった。事件当日の午後や翌日に、自分の家の窓をのぞきこんでいる子がいたとか、暗くなってからゴミ箱をあさっている子を見かけたと言う者もいた。カメラやリポーターが町にあふれ、現場にいた目撃者の中には、妙な功名心にとらわれて話題になりたがる者もいて、二人の犠牲者がいなければコメディーかと見紛うような、奇想天外な証言まで飛び出した。実際、コメディーだったのかもしれない。事件から何年もたったある時マヤに、サンクリストバルでは、どんな悲劇も笑い話になると言われてはっとしたことがある。なるほどそうだ、どうしてそれまで気づかなかったのだろう。どれほど物騒な出来事の最中――あの事件はその最たるものだっただろう――でも、自分が笑っていた瞬間を思い出せる。そこには、ジョークで緊張を和らげようという気持ちとともに、もっともな心の動きがある。笑いを挟まなければ、犯罪の余韻《よいん》にとても向き合っていられないという、理《り》にかなった心情だ。だが、時に笑い声をたてたとしても、私たちが追い詰められているのに変わりはなかった。国内の腐った官僚王義のメカニズムは、べったり糊《のり》のついた網のように私たちの頭上におおいかぶさり、政府の無能ぶりは救いがたかった。内務省はやたらと説明を求めるばかりで、一刻も早く始めたい子どもたちの追跡へのゴーサインはなかなか出なかった。

一月十一日の早朝、五十人の警官がエレ川東岸から捜索を開始した。〈ダコタ〉事件以後、子どもたちは一切町なかに現れなくなったので、いそうな場所はジャングルのほかに考えられなかった。警察署長アマデオ・ロケは、子どもを見かけたら、まわりから取り囲んで追い詰めるという計画を立てた。しかし、岸から七キロ近くジャングルに分け入っても、見つかったのは、キャンプの跡が二つと、散らばった衣服、食べ物の残骸《ざんがい》やおもちゃだけだった。開始から十五時間たったところで、警官の一人がサンゴヘビに嚙まれ、川づたいに引き返さなければならなくなった。成果のないまま、舌がスポンジより大きく腫れあがった警官を連れて一行が帰ると、失望が広がった。

ジャングルが子どもたちをのみこみ、隠してしまった。「私があの子たちといられるなら」――恋するテレサ・オターニョは、一月十七日の日記にこう書いている。――「〈ネコ〉と木に登るな。そしたら、絶対見つかりっこない」木の上か、それとも川底か、数ヶ月の間、子どもたちがいったいどこにいたのか、その頃はまだわかっていなかった。今なら、彼らの動きをほぼ正確に特定して、彼らが隠れていた場所の部分的な地図を作ることができる。ジャングル奥地の農場や、ニェエの二つの集落に彼らが時折現れたこともわかっている。だが、それでも謎は残る。たとえば、彼らはなぜそういう場所に現れたのか。

サンクリストバルへの共通の怨恨から、両者の関係が友好的だったことは十分考えられる。だが、友好的だったとしても、接触はごくわずかで、結局誰にも気づかれなかった。

人間の思考はおもしろいものだ。受け入れがたいものに出会うと、「こんなおかしなことがあるわけがない」と言いたがる。しかし、おかしいからといって、ありえないことにはならない。サンクリストバルの子どもたちがジャングルに消えたことは、そういうことの一つだった。夢でも見たのではあるまいかと、最初は思いたがった。ガツンと頭を殴られて、意識が遠のいているうちに消えたのではないかと。そして、翌週には、自分の感覚だけではなく、現実そのものを疑いだした。ジャングルの茂みの中から今にあの子どもたちが姿を現す。そうすれば、すべてが平常に戻ると、私たちは考えていた。だが、子どもたちは現れず、捜索隊は毎日、挫折感を押し殺して戻ってきた。ジャングルを見るたび、その緑の塊《かたまり》が私たちにたてつき、子どもたちをかくまっている気がした。現実でありながら、その状況はあまりにも寓話《ぐうわ》的だった。

何年か前、何の本だったか忘れたが、ある本を読んでいるとき、現実の捉え方をがらりと変えるくだりに出会った。その作中人物は海を見ながら、「海」という言葉が、彼の頭の中では本物の海に対応していなかったことをふいに悟る。「海」という言葉を発したとき、自分は、泡に覆われた青緑色の海面しか考えていなかったが、本物の海はそんなものではない。本物の海は、魚と秘密の海流、それに――とりわけ――暗闇をかかえた、底知れぬ塊、真の闇の王国だと。子どもたちが姿を消した日、サンクリストバルの住人たちは、ジャングルに対して、これと似たことを感じたのではないか。私たちには、ジャングルの外見しか見えてなかったのではないかと。子どもたちはその秘密の内奥へと逃げ込み、私たちを深海艇《てい》に乗りこませるようにして闇の奥へと連れていった。子どもたちの姿は見えなくなったが、その時私たちは、彼らの視線の内部、彼らの恐怖の中心に一番近い場所にいたのではなかったか。

ふた月は長い時間だ。その間に何があったかは、今も謎のままだ。あれほど過酷な環境で子どもたちが誰の助けも借りず生き延びられるわけがないと言う人は、歴史に記録された野生児の例を見るがいい。十四世紀のヘッセンのオオカミ少年、十六世紀に牛の群れの中で育ったバンベルクの少年、オオカミの乳を飲んで生き延びたというローマ建国神話のロームルスとレムスの兄弟など、自然や動物に守られて生き延びた子どもの実例はごまんとある。一九二〇年にはインドのコルカタ近郊で、狼に育てられた六歳と四歳の姉妹――アマラとカマラ――が見つかった。二十世紀なかばには、ビセンテ・クアクアがチリ南部でピューマに育てられた。ウクライナの少女オクサナ・マラヤは、一九八〇年代に犬に育てられ、ジョン・セブンヤ少年はウガンダで猿に拾われた。少し調べれば、これほど驚くべきものではなくとも、似たようなケースはいくらでも見つかる。子どもと動物が何気なく出会うように、三十二人の子どもたちはジャングルと対話を始めたのだろう。言うまでもなく、私たちのあずかり知らないところで。

自分を排除するものに私たちはひきつけられるが、そこから論理的思考が生み出されるとは限らない。そのふた月間に三十二人が何をしていたかに関して、突拍子もない説があれこれと飛び出した。何の意味もないことに、とかく私たちは自己を投影し、しまいに、トラが恋をしただの、神が嫉妬に狂って復讐するだの、木が懐かしがるだのといったことを信じたがる。原子から惑星に至るまで、人間は理解できないものをとかく擬人化したがる生き物なのだ。

ジャングルにぽっかりとあいた空白に対して、私たちは尊大なコメンテーターではなく謙虚な科学者の態度で臨むべきだった。私たちが擁護《ようご》したがる文明とは似ても似つかない新たな文明を、あの子どもたちを通して、自然が作り上げようとしたという可能性——どんなに現実ばなれしていたとしても——を、なぜ考えようとしなかったのか。こういうことを考えていると、私は自分があの時へと引き戻されていく気がする。光も、時間も、おそらくは愛も、あの子たちのすべてが変わった、ジャングルの奥のあの場所へと。

何百年も前、殺される日を先延ばしにするために毎夜、王に語る物語が紡《つむ》ぎだされたように、運に見放され、ジャングルの奥に閉じ込められた子どもたちは、日差しさえも通さない緑の屋根の下で世界を作り出そうとした。ジャングルの緑は、ほんものの死の色だ。白でも黒でもない。すべてをのみこむ貪欲《どんよく》な緑。雑多な色にむせかえる、その緑の塊の中では、大きなものが小さなものの光を奪い、弱いものが強いものを支え、ごく微細《びさい》なものが巨大なものを揺るがす。そのジャングルで、三十二人の子どもたちは、原初の耐久力をそなえた共同体となって生き延びた。いつか、ジャングル奥地の農園を訪ねたとき、何気なしに手をついた木にシロアリがうじゃうじゃとたかっているのに気づき、あわてて手をひっこめたことがある。何百、何千というシロアリが十五メートルはありそうな木を中からむしばみ、ストーブよりも高い熱を発していた。あの子どもたちの集団は、このシロアリに似ている。食客であり、寄生生物だった。か弱そうに見えて、何百年もかけて作り上げられたものを壊してみせた。先ほど批判した独善に自分が陥《おちい》りたくはないが、あの子どもたちの共同体は、愛さえなきものにしたと断言できる。ある種の愛、私たちの知る愛を。

遺体から、あの中の十三歳の少女が妊娠していたのがわかっている。ということは、まだ幼い彼らの間にも、肉体関係があったということだ。その意味では、ジャングルに閉じ込められていた日々は決定的だったに違いない。しかし、何もないところから愛は始まるのだろうか。愛を見たことがないのに、どうやって愛しあえたのか。「愛について聞いたことがなければ、恋におちなかったであろう人がいる」というロシュフーコーの有名な格言は、この三十二人のことを思うと特別な重みがある。子どもたちは闇の中でどんなふうにあえぎ、手を伸ばし、愛撫しあったのか。どんなふうに愛を告白し、欲望をこめた視線を送ったのか。どこでさびついた古いものが終わり、新しいものが始まったのか。スペイン語から新しい言語を作り上げたように、私たちの知る愛情の仕草から、彼らは別の仕草を作り上げたのだろうか。彼らの愛の仕草を、そうとは知らずに私たちは見ていたのではないか。町にいたとき、そういう人間性の芽生えが私たちの眼前で交わされていたのではあるまいか。私たちのせいで、私たちへの反抗の中から、何かが生まれたのだ。子どもはフィクションよりもずっとたくましい。

事件後、ひと月の間、警察はジャングルの捜索を一週間に一度続けたが、回を追うごとに熱は入らなくなっていった。サンクリストバルには問題が山積していて、スーパーの襲撃で二人刺殺されたとはいえ、一握りの子どもを探しだすのに警官の三分の一をあて続けるのは不可能だった。市の貧困地区だけでも——その一年間に——平均で一週間に一件の殺人事件が起きていて、ジャングルの周辺部は強奪や麻薬取引の温床だった。しかも、スーパーの事件は犯行の凶悪化に追い打ちをかけた。事件後のある週末には、ガソリンスタンドと市内の大手銀行で、二件の強盗事件があった。警察はお手上げだった。それに、ジャングルは限りなく牢獄に近い。密林にいるなら、子どもたちはどこにも行くはずがない。病気になるか、空腹に耐えかねて町に戻ってくるのが関の山だから、気づかう必要はない。

そんな折、思いもよらないところ、私たちの子どもたちのところで難題が持ち上がった。

襲撃事件の後で、サンクリストバルの親の多くが、我が子に異変を感じ始めた。子どもに何かが起きているとき、大人は子どもの体から何かを感じとる。だが、その原因がすぐにつきとめられるとは限らない。金曜日にちらっと眼差《まなざ》しに感じたものが――子どもの中で膨《ふく》らんで――、翌週には危機になることもある。だから、世の親は、子どもがいつになく黙りこんでいたり、食欲がなかったり、いつも喜んですることをすんでしなかったりすると、何かあるのではと、気をもむのだ。

テレサ・オターニョの日記がなければ、あの不安な時期のことはいつしか忘れられていたかもしれない。が、彼女の文章がそうはさせず、写真同様、ざらついた重々しい証拠をつきつけた。スーパー襲撃後、オターニョは日記でフランツィスカに触れている。フランツィスカは、ニェエの言い伝えと第二次世界大戦後にやってきたヨーロッパ移民の昔話が混じりあって生まれたサンクリストバルの伝説の人物だ。子を持てなかったために、人の子を盗んだビクーという老女の神話と、アラジンと類似したバイエルンの伝説が融合したものという点で、地元の人類学者の見解は一致している。

サンクリストバルに伝わる話は次のようなものだ。フランツィスカはエレ川のほとりの極貧家庭で生まれた、愛らしい金髪の娘だった。いくつかのエピソードから、彼女が生まれつき特別な能力を秘めていることが明らかになる。一方、そこから遠く離れた場所に魔法使いが住んでいる。魔法使いには長年探し続けている宝があり、呪文を唱えるうちに、その宝が埋められている場所に立つ木を見つける秘密を、フランツィスカという少女が握っていることを知る。物語の核心は、まさにここ、魔法使いがフランツィスカを見つけるためにとった方法にある。彼は地面に耳をあて、世界中のあらゆる音の中で、ジャングルから家に戻ってくるフランツィスカの足音を聞きつけたのだ。一九九〇年代の初めごろ、サンクリストバルにマルガリータ・マルトゥという優れた語り部がいた。魔法使いがフランツィスカを見つけた瞬間を、彼女が迫真の演技で語ってみせると、子どもたちはぽかんと口を開けて聞き入ったらしい。マルガリータが魔法使いのかっこうをして舞台に現れ、大きな道具を演台に置いて耳を当てると、そこで録音した音声が流される。車の走る音、さまざまな言語の会話、ドリルや列車の音、速い足音、遅い足音などが聞こえた後、とうとう家に帰っていく少女の声がはっきりと聞こえてくる……。まさに恋におちた瞬間のような描写だ。フランツィスカに心を奪われた魔法使いは、ほかの音が一切耳に入らなくなる。

私たちの子どもたちは、いつしか遊びのような感覚で、三十二人の音を聞こうと、地面に耳を押し当てるようになった。それは、よく知られたフランツィスカ伝説から思いついた何気ない行為だった。魔法使いが地球の反対側からフランツィスカの足音を聞きつけられたのなら、ほんの数キロ先にいるあの子どもたちの声や足音が聞きとれないわけがない。学校や家で一人になるたび、胸を高鳴らせながら地面や床に耳をあてて、誰が一番にあの子どもたちの音を聞きつけられるか、競いあった。

ちょうどその頃のある夕方、私がいきなりバスルームに入ったとき、ニーニャが床に耳を押し当てていたことがあった。特に考えもせず、何か落としたのかと私はたずねた。

「べつに」ニーニャはぱっと赤くなった。彼女の恥じらいにこちらも顔が赤らんだ。こういうことがあるたびに、ほんの一瞬のうちに、目の前でニーニャが成長してしまったような寂しさに襲われた。まだ十一歳だが、シャツの下で恥ずかしげに胸がふくらみ、腰は丸みをおびてきていた。日増しにマヤとは似ていないように思えてきた。態度も変わってきた。私が学校に送っていくのを嫌がるようになり、すぐに顔が赤くなるのは前からだが、私をやや敬遠するようになっていた。

「手伝おうか？」と言うと、

「いい！」と叫んで、ぱっと私から離れ、飛び出していった。

何年もしてから、私たち大人はテレサ・オターニョの日記で、そういった行動の説明を見つけることになった。子どもたちが消えてふた月近くたった、一九九五年三月初めの日記で、彼女はこんなふうに語っている。

あの子たちのことを考えて。うんと強く。自分の顔のすぐそばにあの子たちの顔があって想像するの。息のにおいがするくらい近くに。ずっと目をつぶったままで。それから彼らが考えてることを考えて、話してることを話すの。頭の中で。それができたら、あなたのことを彼らに理解してもらいやすくなる。別の場所で、彼らも同じことをしてるはず。それと、あなたはあなたじゃないって考えるの。なぜってあなたはもう自分の体を離れて、空中を飛んでいるから。簡単よ。魔法の呪文を唱えろって言う人がいるけど、あれはウソ。しなきゃいけないのは、強く思うことだけ。それから一人でいること。彼らもひとりぼっちだから。だけど、私たちよりずっとたくさんのことを知ってるわ。

今では「三十二人の召喚」として知られている、このくだりを初めて読んだとき、血の凍る思いがした。十二歳の少女が作り出した儀式に居合わせた気がして、あの午後、バスルームで鉢合わせしたときニーニャが感じたに違いない怯えを思った。自信に満ちた「マニュアル」のようだとよく言われるが、それは、用のない大人の論理や世界を彼女が捨て去ったせいかもしれない。何をしているか、彼らが私たちに説明できるわけがなかった。彼らの世界、彼らの論理に、私たちは聞く耳を持たなかったのだから。心を乱すそのざわめきは、町の外のどこかから、地面を伝って暗号で送られてきた。地下のカオスから。

思わず目を開けてしまったときは、閉じて、もう一度最初からやりなおさなきゃならない。そうじゃないとうまくいかないから。それから三回まわって頭がくらくらしたら、しゃがんで、まず髪をよけて地面に耳をつけるの。最初はへんな感じがしても、そのうち慣れる。最初は関係のない音が聞こえる。地面の音、アリや虫の音、植物が大きくなる音、人の話し声や呼吸の音、車が通りすぎる音、川の音、人が歩く音。そこで、赤いもののことを考え始めるの。目は血でいっぱいだから難しくないわ。目をつぶったまま光のほうを見たら、自分の目の中の血が見える。それから赤はどんどん濃くなって、あなたは赤のことを考え続ける。

破滅を招くかもしれないものに、我が子が心を奪われているのを見ているのは辛いことだ。自分が何をしようがしまいが、それとはかかわりなく物事は存在すると大人は承知しているが、子どもは自分が思いで支えなければ、なくなってしまうと考えるのだろう。テレサ・オターニョは、〈ネコ〉が生き延びられるかどうかは自分の思いの強さにかかっていると信じていたので、召喚して「罠を仕掛け」なければならなかった。自分の記憶が薄れ、愛する人の顔や特徴や声を思い出せなくなることを思うといたたまれなかった。彼をこの世に留めておくために、自分が彼になろうとした。「召喚」は、ここでちょっと横道にそれる。続く文章でテレサは、もう一度〈ネコ〉のことに触れ、どうか彼らが戻ってきますようにと願い、その週末に父親が川でのピクニックを計画しているので、行ったときに「彼らに会えますように」と書いている。そして、次の瞬間、召喚は狂気を帯びる。

その赤はすごく赤いの。大地より赤く、火山からあふれだす輝く溶岩みたいに赤い。音が赤と闘い、みんなが赤と闘う。虫の声や通りの音が聞こえて、いきなり赤の真ん中に静けさが広がって、ジャングルにいるあの子たちが現れる。そうするとあなたは彼らのように考えなくちゃいけない。彼らのように考えることは何より難しい。なぜってあなたはここにいて、彼らはいないから。赤はあなたがそこに近づくのを助けてくれる。車みたいだけど、音はしない。そこであなたは、あなたが持っていて、彼らが持っていないすべてのもののこと、あなたにはできて、彼らにはできないことを考える。だって彼らには家がないから。食べ物も、ベッドもない。そういう物がないから、怖くないように彼らは目を開けて眠る。そして、彼らはあなたの中に入ってくる。そしてあなたは彼らになる。

サンクリストバルの半数の子どもたちが「ジャングルの子どもたち」の音を聞こうと地面に耳を押し当て、メディアが子どもの恐怖心についての心理カウンセラーの記事をさかんにとりあげる中、たっぷりと肥料を施《ほどこ》された大地にサパタ兄弟が現れた。

「テレパシー」のことを最初に語ったのは、一九九五年二月七日のエル・インパルシアル紙のビクトル・コバンだった。その二日前にローカル局で放映された、サパタ兄弟が登場した初めてのテレビ番組のことをコラムでとりあげたのだ。市内のカンデル地区生まれの、五歳から九歳までの四人——男三人、女一人——からなるサパタ兄弟は、三十二人の子どもたちが夢の中で告げたことを「絵に描いた」と言い出した。

私たちの子どもが、ジャングルの子どもと心を通わせていると、私たちは信じ始めた。彼らと話し、同じ夢、同じものを見ていると。次はいったい何があるのかと、道理のある人々なら思うだろう。だが、それはあまり適切な問いではなさそうだ。社会がすべてを疑いだしたときに我々が問うべきは、「テレパシーはあるのか」ではなく、「我々は何を傷つけたのか」だ。

しかし、ビクトル・コバンも私たちも後者の問いには答えられなかったので、単にテレパシーのあるなしを論じ始めた。魔法を信じることは、愛に似ている。そっくりそのまま信じ、愛に身をまかせれば、愛を得られるが、疑心暗鬼の者は、自らにはばまれて愛は芽生えず、結局一人取り残されるというパラドックスに陥る。魔法もそうだ。サパタ兄弟の絵は、三十二人の子どもたちについての勝手なイメージの寄せ集めでしかなかった。大きく開いた口の中にある、いくつもの小さな口、腹がぷくっとふくれた子どもや、木の下でまどろむ子ども、血、ジャングルの植物……。だがそこに、奇妙だがもっともらしい新たな視点が加えられていた。シンボルのようなもの、夢の中で確かに聞いたという、サパタ兄弟自身も意味がわからない言葉、いくつも重なりあった三角形、円や、小さな惑星を従えた太陽……。美術の才能は感じられないが、説得力は十分ある。その絵は、子どもらしい空想と、不吉な恐怖心と、願いの叫びの独特のカクテルだった。どれか一つではなく、三つが同時に描かれているために、判読が難しくなっていた。

よく言われてきたことだが、もしもサパタ兄弟がもっと貧しかったり、もっと目鼻立ちが整っていたりおもしろすぎたりもっと雄弁だったりしたなら、誰も彼らを信じなかっただろう。だが、彼らは、どこまでも平凡であるという特質があった。彼らは何から何までもっともらしかった。母は中学校教師で、父は銀行員。おとぎ話の四人の小人のようにかわいらしい、躾《しつけ》のいい男の子二人と女の子一人が、目を見開きてらいなく質問に答えるさまは、それだけで絵になった。男の子のひとりは舌足らずだった。一番上の子が完璧な司会者のように場を仕切り、末っ子の女の子はいつもにこにこしている。四人とも上唇がやや突き出していて、鳥類を思わせた。放映前から近所ではちょっとした話題になり、周辺の住人の中には、まるで巡礼のように彼らの家を訪ねる者もいたが、マイテ・ムニスの番組に出るまでは、まだそこまで知られていなかった。

サパタ家の四兄弟のインタビューは、一九九五年二月五日に七チャンネルの「マイテの家」という人気番組で放映された。マイテ・ムニスはローカル局の有名パーソナリティーだった。髪を金色に染めた五十代の女性で、サンクリストバルの善と悪を体現していた。感受性豊かで人気があるが、有害なほど軽薄だった。他の者がすれば吊るし上げられそうなことをするのに、逆に称賛され、もてはやされる人間というのがどこの世界にもいるものだ。保守的なサンクリストバルで、マイテはとびぬけた人気を誇っていた。三回の離婚歴、経理の不正問題、「悪意なき」人種差別発言も、彼女の場合は、その限りない愛想のよさと、世論への絶大な影響力ゆえに許されていた。最大の欠点が最大の長所になることはよくある話だ。マイテのずうずうしさや率直さは、最短の時間でコンテンツを準備する必要のあるデイリーの番組編成には不向きだった。マイテは自分の実力を過信して、いきなり勝手にアドリブをさしはさむことがしばしばあったからだ。それでしくじり名誉毀損《きそん》で訴えられたことも一度や二度ではなかった。子どもの名前を、その子の患《わずら》う病名と取り違えたり、バチカン市国の大使が来訪した際、馴れ馴れしく呼びかけてしまったりといった有名な失敗談がある。だが、家庭内でちょっとした野放図が許されるように、マイテに関してはそういった不始末が大目に見られ、サンクリストバルのテレビ界に君臨していた。サパタ兄弟の出演は、もともと「マイテの家」の予定にはなく、脚本にも入っていなかった。だが、予定していた企画が土壇場でつぶれたため、インターンの提案が急遽《きゅうきょ》採用された。決定の四時間後、サパタ一家の家にテレビカメラがつなげられた。初めに家の外観、庭、そして、即席の祭壇となった食器棚の上に、素朴派の芸術作品のように飾られた子どもたちの描いた絵が映し出された。それから子どもたちが登場し、その一人一人にスタジオからマイテが、母親のような口調で簡単な質問をしていった。ときどき、示し合わせたかのように、誰かが答えている途中でほかの子が口をはさみ、しめくくる。「頭の中で話しかけてくるの」と一番下の妹が言うと、「夜にね」と舌足らずの男の子が続けるという具合だ。ベテランの脚本家でも、これほどうまくは書けないだろうというほど絶妙のタイミングだった。

「で、なんて言ってるの」

「おなかがすいたって言ってるよ」一番上の子がふいに答えた。

四人の中で最も視聴者の心をとらえたのは、一番下の女の子だった。長兄とずっと手をつないでいて、茶目っけがある。ときどき振り向いて、下の二人の兄ににっこり笑いかけて前を向き、芝居がかった生真面目な表情でまたカメラのほうを見る。

十五分後、脚本になかったことだが、マイテ・ムニスがいつものアドリブで語り始めた。この子たちの言うことを自分は信じる、サパタ兄弟は架け橋、「わたくしたちの誤りを正して」くれる絆《きずな》だ、わたくしたちはそれにこたえなければならない、と。

この番組はその後さんざん茶化されたので、みな認めたがらないが、あの日、誰もが心を動かされた。それは、マイテの甘ったるい言葉（文字に起こしてここに載せたなら、彼女に悪いだろう）もさることながら、誰もが密かに感じながら、否定しようとしていたことを彼女が言い当ててみせたからだろう。まだ名前を持たない何か、あるいはその名を発せられたことのない何かを、その番組を見て私たちは感じ始めたのだ。そんなばかなと思われるかもしれないが、言葉をかえれば、マイテ・ムニスはあの子たちに戻ってきてほしいという私たちの願望を引き出すパイプとなったのだった。私は翌日の再放送で番組を見た。その日一日、前日の番組を見た人のコメントを聞かされ続けたので、家に帰るとすぐにテレビをつけた。番組の大半はほぼ落ち着いて見られたが、「おなかがすいたって言ってるよ」と長男が言ったところで視界が曇《くも》った。振り返ると、ニーニャはソファーで、マヤの膝に頭をあずけて寝そべっていた。私たちは目を合わせることができなかった。三人とも心を揺さぶられていたのだ。

　あんなことがあったのは、もともと迷信深い土地だったからだとよく言われる。が、サンクリストバルをよく知らない者には、呪術がそこまで現実に影響力を持つということがピンとこないかもしれない。子どもたちの事件の一年前に、社会福祉課が行った呪術についての調査では、二十歳から七十歳までの十人に四人が、この十二ヶ月の間にミサンガや占い、ルーン文字、邪眼など、形而上的な力を信じたという驚くべき結果が出た。ことに邪眼は、サンクリストバルの人々にとって恐怖と同義だった。たとえば道で数秒間、誰かにじっと見られると、それだけで人々は恐怖に凍りついた。

「マイテの家」が放送された数時間後には、サパタ家は何十人もの野次馬に取り囲まれた。マイテは期せずして、私たちの良心の片隅にあった、ただの子どもなのに！　という思いを呼びさましたのだった。私たちの敵意にさらされてどこかに逃げてしまった子どもたち、犯罪者扱いされ、追い詰められた子どもたち。その瞬間にも彼らが死んだなら、その責任は私たちにある。選ばれし子どもたち！　軽薄な口ぶりで放たれたその魔法の言葉は、私たちの良心を目覚めさせると同時に、半径百キロ圏内にいるすべての魔術師を呼び出す力があった。

翌週、サパタ家周辺は蜂の巣をつついたようになった。ちょっとでもご利益にあずかろう、ちらっとでも絵を見よう、子どもに触ろう、親と話そうという人々が詰めかけた。兄弟が姿を見せるたびに人垣はせばまり、身動きもできなくなった。兄弟たちはおびえ、両親は戦々恐々となった。求めにこたえて両親が兄弟の姿を見せようと門を開いたときには、家の前で待ち構えていた人たちがどっと殺到し、前の方にいた人たちが押しつぶされかけ、気分の悪くなった人が病院に搬送《はんそう》される騒ぎになった。安全のため、市警察が家のまわりにロープをめぐらせると、金目のものなど明らかにないというのに、何か隠しているのではという根拠のない憶測が広がって、かえって危険が高まった。兄弟は学校に通えなくなり、両親は仕事を休み、ほとんど一週間、一家は家にこもりきりになった。

父親は二度、玄関から外に姿を現し、彼らの人権とプライバシーを尊重するように求めた。「我々は誰にも害を与えていない」と虚勢をはりながらびくびくと意味のない発言をし、記者たちを一人一人射るように睨《にら》みつけて戻っていった。「みなさんは自分が何をしているのかわかっていない」と言い捨てて。

八日目、人々はサパタ一家の家の中になだれこんだ。十五人が夜中の二時に窓から侵入し、兄弟の描いた絵を盗んだ。一人の女性がミサンガに編み込もうと、兄弟の一人の髪をはさみで切り、（隠し場所を熟知している）ならず者が、子ども部屋のひき出しにしまってあった貯金を盗み去った。ローカル局の朝のニュースで、惨状が映し出された。父親は一部屋一部屋、荒らされた室内を見せ、安全のために子どもたちは親戚の家にあずけたと言った。二時間後、家の前で記者会見を開いたのは母親だった。彼女は、父親と違い、堂堂と落ちついて小さな台にのぼった。呼吸は乱れていたが、教師らしい冷静沈着な態度だった。

静粛にと、母親は求めた。

彼女が数秒、黙っていると、やがて記者たちも口を閉ざし、聞こえるのはセミの声だけになった。

そこで、母親は爆弾発言をした。

「みんな嘘なのです。どうぞご理解ください。子どものすることです」と。

信頼感の喪失は失恋に似ている。どちらも心の傷をさらけだし、実際より老けたと当人に感じさせる。サパタ兄弟の嘘が露見してから、サンクリストバルの空気はぴりぴりとはりつめた。私たちの子どもたちは、三十二人が送ってくるメッセージが聞こえると信じて地面に耳をあて続け、私たちはこれまで頭から信じてきた子どもたちの無邪気さに疑念を抱き始めた。もちろん、言葉ではっきりとそう表明はできなかった。ただ、感じなくなったこと、限界が見えてしまったことを描写するしかなかった。まだ抱いている感情を語ろうともがくことほど感動的だが無益なことはない。それだから、二十年たった今でさえ、あのときの喪失感を伝えるのは容易ではないのだろう。

あの数ヶ月の出来事で、私たちは子どもらしさの神話への信仰を失った。が、子どもたちにとってもそれは簡単なことではなく、彼らへの敵意がやわらいだわけでもなかった。

子どもにとって世界は、大人という監視員のいるミュージアムのようなものだ。おおかたの時間大人は愛情深いが、始終規則を押しつけてくる。子どもたちが生まれる前から存在してきた堅固なその世界で、子どもたちは愛と引き換えに、無邪気さという神話を支えることを強《し》いられる。無邪気なだけでは足りず、無邪気さを演じることも要求される。

サパタ兄弟の出来事で、子どもの無邪気さへの信仰は踏みにじられた。私たちは誰かを懲らしめなければならなかった。しかし、自分たちの娘や息子は罰せない。そこで、三十二人が標的となった。無垢《むく》な子どもを演じようとしないばかりか、私たちの子どもに悪影響を与え始めた子どもたち。彼らは黒い羊、箱の中の腐ったリンゴだった。この世論の変化を唐突に思うかもしれないが、サパタ家の母親の告白の後、メディアの論調がどう変わったか、当時の新聞や雑誌を図書館で半日調べればすぐわかる。

しかも、騒ぎはメディアにとどまらなかった。

サンクリストバル市議会の議事録によると、一九九五年二月十三日の三つ目の案件で、市議会議員のイサベル・プランテが、条例が定めた刑事責任を問う年齢の見直し案を提出した。改正案——三十二人のための条例と言っていい——は、十三歳未満の少年が、軽犯罪あるいは一般犯罪を犯したり、これに協力したりした場合、懲役や禁錮《きんこ》ではなく保護処分とするという少年法の規定を廃止させようというものだった。「ジャングルの少年たち」には、特別な法が必要だとプランテは申し立てた。〈ダコタ〉襲撃に関わった、現在保護観察下にない十三歳未満の子どもは特別な施設に、十三歳以上の少年は県の刑務所に送るよう主張したのだ。多数決で承認（実施するために必要な手続きとして）されない場合、また、承認されたとしても、普段のお役所仕事では施行まで三、四ヶ月かかるので、事の緊急性に鑑《かんが》みて一時的な「更生保護施設」を作ることも提案した。サンクリストバル市民にあれだけ危害を及ぼし、次の襲撃に備えてジャングルで再武装（そう表現した）しつつある、あの少年犯罪者を更生させるためには必要だと。

子どもの基本的人権をふみにじる法改正を保守派の議員が提起したこと以上に異様だったのは、七割の議員が眉ひとつ動かさず、その提案を支持したことだった。リベラルな市議会議員マルガリータ・シュナイダーは数年後に当時のことを、「耐えがたいほど奇妙だった……が、耐えられた」と述懐している。左手が知らないうちに、右手で事をすませる術《すべ》を私たちは会得《えとく》した。やってみるとそれは案外簡単で、恐ろしいことに、たいして心は痛まなかった。

しかし、私たちの子どもたちは夢想に耽《ふけ》り続けた。大人の態度の変化を見て諦《あきら》めるどころか、逆にジャングルの子どもたちへ密かな敬意を募らせた。三十二人は、子どもたちにとって秘密の存在になり、大人はそこからしめだされた。ここで言う子どもとは、九歳から十三歳の少年少女のことだ。私たち同様おびえていた幼児は含まれない。子どもたちは二分された。

前にも引用したエッセイ「見張り」でガルシア・リベリェス教授は興味深い見解を述べている。

三十二人がサンクリストバルの子どもに及ぼした問題は、昔ながらの「悪影響」とは正反対の形で現れた。三十二人は、どこでもない場所から町の子どもたちを支配していったのだ。見かけることのない子、そこにはいない、ひょっとするとその時点で生きているかどうかもわからない子どもを引き合いに、その子たちのようなことをするなと親は我が子をたしなめられない。どこにもいないことで、三十二人は不可能を可能にした。つまり、普遍の存在になった。あの子たちみたいなことをするなと注意したなら、「あの子たちって？」という答えが子どもから返ってきただろう。

こうして「実体」を失うことで、三十二人は完璧なモンスターと化した。それは、暴れまわって子どもを苦しめるのではなく、大人の悪夢となるモンスターだった。彼らは、攻略できない空虚、魅惑的なものも恐るべきものも映し出す、完璧なスクリーンだった。ガルシア・リベリェスは次のように続ける。

サンクリストバルの子どもたちは、想像は三十二人の美点だと直感的に悟った。それは、ひとりでに目覚めた知性だったのか、それとも他者の入れ知恵だったのか。どちらでもいい。私の見解では、それは真の覚醒だった。サンクリストバルの子どもたちの想像力に三十二人が及ぼした力は、最高の特権、あるいは未来の権利の源《みなもと》とでも言うべきものだった。

言い換えれば、「きみたちの自由が、ぼくらの未来の自由を保障する」ということだ。大人が傷ついたまさにその場所、子どもへの不信において私たちの子どもは、自由になった。時が来れば、私たちの子どもは後継者として、三十二人の役割をそっくりそのまま担《にな》おうとしていた。それは時間の問題だった。ショッキングなことに、期せずしてそれは現実となったのだが。サンクリストバルの子どもたちは、三十二人の死によって、突然新しい役割を引き受けることになった。改めてガルシア・リベリェスは、ニーチェのような口ぶりで子どもたちの思いを代弁している。

ぼくはきみを作った。きみはぼくを作った。ぼくたちは対等だ。いや、そうではないか。

きみのナイフをつたう血は、ぼくの血だ。

ガルシア・リベリェスほど自由に、あの子どもたちのことを論じた者は多くはないだろう。リベリェスは、子どもらしさにまつわるあらゆる一般論を切り捨て、実際起きたことからサンクリストバルの事件に新たな光を当てるという不可能に近いことをやってのけた。しかし、新たな共通の言説というのは、傷つかなければ見つからず、使われなければ確立していかない。子どもたちの世界はこういうものという先入観に私たちは凝り固まっていた。だから、子どもたちが凶悪な行為に及ぶのが一般的なのかどうかや、あの子たちが子どもらしさという甘ったるいステレオタイプにあてはまらないこととと関係なく、人々は三十二人に怒りを覚えたのだった。

いずれにしても、その後、最悪のことが起きた。皮肉なことに、何かとんでもないことが起こるのではという不安を、私たちは心の奥底におそらくはずっとかかえていたのだった。

物語や年代記は地図のようだ。誰もが覚えている、堅固で色あざやかな集団記憶という大陸がある一方で、個々人の深い感情という海がある。議会で「更生保護施設」の設立が決まった二、三週間後のある日曜日の午後のことだった。マヤとニーニャは家にいた。うだるような暑さだったが、もう雨季の気候に体が慣れてきていた。体が膨張した感覚があり、筋肉を弛緩《しかん》させ、ややぼうっとしながらも、私たちは不思議とリズミカルに動いていた。セミの声が耳をつんざき、早朝の雨のせいでむしむししている。昼に自家製パスタを食べた後、日曜日のランチのあとの気だるさに身をゆだね、うとうとまどろんでいた。

呼び鈴が鳴ったとき、出るのをためらったが、結局私は立ち上がった。マヤとニーニャは眠っていた。玄関を開けると、私と同じくらいの年かっこうの混血《メスティーソ》の男がいた。しゃれた身なりをし、背は低いが整った顔立ちだ。サンクリストバルの男性なら美形とされる、ひげのないとがったあごをしていた。男は、強いサンクリストバルなまりのスペイン語で、私が在宅かとたずね、私は、自分だがと応じた。

「マヤの父親です」と、男は名乗った。

しばらく声が出なかった。

「娘のマヤの」

まったく予期しない言葉であり状況だった。目の前に、愛するニーニャとまったく同じ目鼻立ちの顔があった。だが、何の感興も湧いてこなかった。小さな鼻、茶色いしみのような口、深い目。顔に散らばったそういった特徴を見て、まるでないものねだりのように、妬《ねた》みに似たものを覚え、限りなくばかげた問いが口をついて出た。

「金がいるのか?」

いぶかしげに男は私を見返した。サンクリストバルの人間特有の受動的な表情だった。賢明そうに見えるが、実は警戒心の表れだ。

「ちょっと話せませんか」

私は外に出て、ドアを閉め、地獄のような日差しに焼かれながら、川沿いの遊歩道まで二百メートルほど黙々と歩いた。家から離れようと気がせいて、自分がいかにおかしな状況にいるか、考えもしなかった。隣を歩く男を、ちらちらと横目で見た。マヤと出会ったころ、ニーニャの父親のことを幾度もたずねたが、いつもはぐらかされた。しつこく聞くと、その人は自分にとってもはやいないも同然の人間だし、どこにいるかも知らない、あなたが父親になってくれたらいいと言われた。結婚した当初は、亡霊のようなその男の存在に苦しめられたが、しまいにどこにもいないという事実を受け入れるようになった。それが、いきなりどういうことだ。男は白い麻のズボンをはき、半袖のシャツを胸まではだけていた。俗っぽく意志が強そうだ。やや派手すぎる感じもした。ただ、富裕層ではなく、商売人ならうなずける。川端で足を止め、改めて顔を見ると、マヤが惹かれたわけがわかる気がした。木のように悠然としている。二人が一緒にいるところを、私は想像せずにはいられなかった。

「休みの日に申し訳ありません」男はうやうやしく切り出し、黙っていると、こう続けた。

「あなたは子どもたちを担当してますよね」

「ジャングルの子たちを、ということですか?」わけのわからない状況に、ごく普通の言葉の意味さえ頭に入ってこなかった。

「あの中に、息子がいるんですよ」

そういうことを言われるのは、それが初めてではなかった。スーパー〈ダコタ〉襲撃の写真が新聞に出てから、行方不明になった子を持つ多くの家族が、自分の娘や息子がそこにいたと言って問い合わせてきた。だが、探すあてが尽きてそう思いたがっているだけで、ありえないケースがほとんどだった。私もそういう家族と面会して、彼らが持ってきた書類を見たことがある。その家族の場合、ちょっと計算すれば、彼らの子どもではないとわかりそうなほど、行方不明になってから年月がたっていた。

だが、その男は違った。彼は私のようだった。しかも、赤の他人なのに、どこかひどくなれなれしかった。男の顔の中には、ニーニャの顔があった。かつてマヤはこの男と寝て、愛しさえしたのだ。男はポケットに手を持っていき、革の財布を取り出し、十二歳の少年の写真をさしだした。ニーニャとあまりにも似ていて鳥肌が立った。

「アントニオだ」名前を言えば何もかもが明らかになるかのように男は告げた。「どこにいるか、知ってますよね」

「知りませんよ。誰にもわからない」

そんなはずはないという顔で、男はこちらを見た。

「あの子たちといるのはわかっているんだ」

いきなり、もう耐えられないという気持ちになった。暑さ、嫉妬、なれなれしさ。詰めよってくる男に、憤《いきどお》りが湧きあがるのを感じた。きびすを返して立ち去ろうとした瞬間、いきなり男は私の襟首《えりくび》をぐいとひきよせ、燃えるような目で睨みつけて言った。

「見つけてくれなきゃ困るんだよ、聞いてんのか、おい？」

私は元来穏やかな人間だが――その時のように――かっと頭に血がのぼったことが幾度かある。ふいに言葉がそれまでと違って聞こえ、思考が感情になり、後先がわからなくなった。いきなりその場から引き抜かれたような感覚。乱暴につきとばすと、男は仰向けに倒れかけた。私は激昂していたが、男は絶望していた。もう一度かかってこようとしたので、私は反射的に男の左耳の上に拳骨を食らわせた。まるで馬の背を殴ったかのように、ゴリッと動物の骨の感触がした。男はうめきもせず立ち上がると、その時は理解できなかった卑屈な態度で（そうする以外なかったのが、今はわかる）、私のシャツのポケットに少年の写真をつっこんだ。私は息を整えようとしたが、まだ頭が熱くなっていた。どうすればよいかわからないまま、しばらくどちらも黙っていた。男は耳を手で触り、その手を目の前に持っていって血が出ていないか確かめ、私は遊歩道の手すりにもたれ、誰かに見られやしなかったかとあたりを見回した。人っ子一人いなかった。エレ川の何トンもの水が、音もなく流れているだけだった。私は殴ったことを恥じた。男は素朴な目、素朴な鼻、素朴な口、素朴なあごをしている。ニーニャの父親だ。突然、恐れることなど何もないとわかった。男の絶望は川に似ていた。何百万トンもの水と土砂を運ぶ巨大な塊が生み出すエネルギーのようだった。それが、越えてはならない境界線を越えたのだ。私たちがこの町に来てから、マヤがその男とどこかで話をし、私たちの家に近づくことを禁じたのを直感した――わかった。彼はニーニャに会いたがったが、別の家庭があり、もちろん子どももいて、その中にアントニオがいたのだと直感した――わかった。私は謝りたかったが言い出せず、一歩、男に近づいた。男は動かなかった。

「子どもたちを探しだそう……」名前で呼びかけようとして、私は相手の名を聞いていなかったことに気づいた。察したらしく、男が言った。

「アントニオ・ララだ」

私はのろのろと家に帰った。アントニオと挨拶をして別れたかどうかもわからなかった。覚えているのは、写真を返そうとしたが、もう一度シャツのポケットに押し込まれたことと、彼から目をそらそうと、象の耳と呼ばれる木の巨大な葉に目をやったとき、柔らかな肉厚の葉の意識を感じたことだ。隙あらば何度でも町に侵入し、自分の土地をとりもどそうとするジャングルの意識だった。

家に帰ると、マヤはまだ眠っていた。いつもより幼く見えた。エステピで出会ったときのようだった。隣に横になると、マットに私の重みを感じて彼女は目を開いた。

「汗びっしょり。どこにいたの？」

「散歩だよ」

それ以上たずねず、彼女は人差し指を伸ばして、指先で私の顔の汗をぬぐった。その時、その動作をアントニオにもしたのだろうという思いがよぎった。まったく同じ動作を。幾度となく。愛する相手ごとに新しい動作が作り出されることはなく、同じ動作を続けるしかないのがせつなかった。

ポケットの中の少年の写真を見つけられるのを恐れて、私はマヤを見つめたままシャツを脱いだ。その動作を誤解して、彼女も服を脱いだ。誤りを正そうとせず、私はすっかり裸《はだか》になった。彼女も。彼女はいくつになっても、少女のような雰囲気があった。小さい胸、少年のようにきゅっとすぼまった尻。裸になると、どこを見てもいいと許された気がした。彼女のおなかはよくひくひくしていた。

顔を見られないよう首筋にキスをしながら、激しく彼女の中に入っていった。自分の中によこしまなものを感じた。彼女がアントニオとこっそり話をしていたと知って、興奮している。私たちは互いをよく知り、どう求めあえばよいかを悟り、相手の隅々までなじんでいた。素早く迅速にすませるのがいいとわかっていた。そこで、そうした。だが、彼女の中に、いつにない絶望も感じた。なじみのダンスの最中にぎゅっと抱きついてきて、震えているようだった。それから私の肩にあごをのせ、愛してると囁《ささや》いた。

事が終わると、私たちはシーリングファンをしばらく見つめていた。話さなければならないことがたくさんあるような、同時に一つもないような気がした。自分より相手の体や癖《くせ》をよく知るようになっても、こういう気持ちになるとは夫婦は不思議なものだ。ブラインドの隙間から入る日差しが、彼女の鼻の下に笑っているようなカーブを描いていた。感情を表に出さない彼女の顔に、私は改めて感嘆した。

「ぼくと結婚したのを後悔してない？」

したことのなかった問いだった。エゴイズムか不安から出た、ろくでもない問いかけだ。これまで避けてきたのに、なぜかその時は口をついて出た。私は傷ついていた。

「あなたを愛してるわ」

「それじゃ答えになってない」私はくいさがった。

彼女は微笑《ほほえ》んだ。疼《うず》きのような乾いた微笑み、無意識の表情。
「もちろん答えてるわ」彼女は言った。

その後の数週間のことを考えると、あの少年の顔ばかりが浮かんでくる。今も写真を持っているが、そこに写っている顔と私が覚えている顔はなぜか違う。目を閉じると蘇《よみがえ》ってくるのは、写真の顔（眉《まゆ》をゆがめた、どこにでもいそうな少年）ではなく、ニーニャのような面長の顔だ。ニーニャと顔立ちが似ているが、少年のほうが生意気そうだ。ニーニャではまだベールで覆われているものが、思春期の入り口にさしかかろうとしている少年ではむきだしになっているかのようだった。

スーパー〈ダコタ〉の防犯カメラの映像で探すと、少年はすぐに見つかった。小柄だが、額《ひたい》で前髪を切りそろえた、お椀を逆さにしたような独特の髪型ですぐわかった。彼に間違いなかった。最初に店に入った子どもの一団の中にいて、殺人犯の一人だった。犯行時、ドキリとするほど平然とフェニ・マルティネス（犠牲者の一人）に近づき、カービングナイフを三回、腹にうずめた。彼女が床にくずおれ、失血していくのを、その場に突っ立って見ている。もう一方の殺人と違い、彼の殺人は遊びには見えず、今見ても慄然《りつぜん》とする。儀式めいた、殺意に満ちた行為。何秒か、突っ立って犠牲者を見つめた後、近くで見ようとしてか、何か話しかけようとしてか、かがみこむ。最後に数秒、二人は視線をからませる。少年は片手を伸ばしたが、女性に触れはしなかった。どこか悪意を感じさせる仕草だった。ひねくれているようでいて、同時にどこまでも子どもっぽい。

アントニオ少年の顔は数週間、私の記憶を占領した。物理的イメージと心理的イメージが、脳内の管《くだ》を通して養分を与えあい、日ましに大きくなっていくかのようだった。ニーニャを見るとその表情に、少年の顔が重なって見えた。血が血を呼び、ニーニャが今にも床に耳を押し当て、目をつぶって、夢のお告げを聞きだしそうな気がした。サパタ兄弟のように。サパタ兄弟はひょっとして嘘をついていなかったのではないか。実はすべて本当で、ジャングルからこちらへ子どもたちの夢や思考がたえず流れ込んでいたのではあるまいか。

オフィスで一人になると、私は少年の写真を取り出し、マヤとニーニャの写真と並べてみた。すると三人の間に静かに引き合う独特の力が生じる感じがした。帰宅すると、むきになってニーニャに話しかけようとしたが、するりとかわされた。もう年頃なのだと頭でわかっていてもがっかりし、私は不安をかきたてられた。ニーニャにも、街路にも、気温にも、さらには、マヤのやさしさや、川の美しさ、セミが鳴きやんだ後のジャングルの静寂など、普段は心をなごませてくれるものにまで、何か不吉な兆候がある気がした。

その頃マヤは、シベリウスのバイオリン協奏曲を練習していた。彼女が弾いていた中で最も美しい曲の一つだ。彼女は地元のオーケストラの第一バイオリンに入るつもりだったが、実力は野望にわずかに及ばず、その曲は彼女の手に負えていなかった。フレーズのくっきりした極めて厳格な曲は、ちょっとしたミスですべてが台無しになる。誰も理解するはずのないその曲を何度もさらう姿を見ていると、譜面にあるすべての旋律が、彼女の皮膚の下にもぐりこんでいくように思えた。シベリウスのメロディーが静脈のように彼女の中で広がり、淡々と確実なリズムで脈打っていた。

新たな事件が発生したのはその頃だった。子どもたちが失踪し始めたのだ。私たちの子どもが。それぞれ別個の事件だろうと、最初はみな気にとめなかった。そのうち出てくるだろう、ガソリンスタンドで警官に呼びとめられるか、どこかの家の前で発見されるかして、通報があるだろうと。だが、手がかりのないまま時は過ぎていった。誘拐ならまだましだった。なじみのある犯罪なら、殺人でもよかった。最初の失踪は三月六日だった。循環器科の専門医の父親と郵便局員の母親の九歳の息子、アレハンドロ・ミゲスがいなくなった。その二日後に、両親とも市の清掃局員である少女マルティナ・カストロ。三人目が、十一歳のパブロ・フローレス。パブロの父親はサンクリストバルの新聞エル・インパルシアルのコラムを担当するエコノミストで、妻と死別し、男手ひとつで子育てをしていた。

三人は一九九五年三月六日から十日の間にいなくなった。当時の新聞を今見ると、怒りが湧いてくる。失踪を報じた記事の彼らの顔写真の横に、児童マフィアや短時間誘拐のデータを載せるばかりだったからだ。三十二人の子どもたちについて一切触れていないのは、私たちがいかにそれを口にすまいとしていたかの完璧なバロメーターだ。ビクトル・コバンも動転していたのか、言わずもがなのことしかコラムに書きつらねていなかった。道路を渡るときに子どもの手をひいていなかったことや、自宅の向かいの公園で子どもを勝手に遊ばせていたことだけが問題であるかのように、子どもを一人にする危険性を論じていた。

中産階級の家庭の、これといって問題のない、きちんとしつけられた三人の子どもが、ある日、窓や庭の垣根から逃げだして、ジャングルに隠れている子ども集団に加わるとはどういうことか。家族の証言を信じるなら、そのうちの一人はひどく臆病だったというのに。どうして三十二人と連絡をとりあうようになったのか？　なぜ抜け出そうと思ったのか？　どんなテレパシーが通いあったのか？　家から抜け出そうと窓に足をかけたところで見つかった子どもにたずねても、ジャングルの子どもと合流しようと思ったわけを説明できなかった。問いつめると、逆上してわっと泣き出す。逃亡をそそのかすことよりもこちらの質問のほうが暴力的であるかのように。「友だち」のところに行こうとしたと言うならどの友だちかと問うても、ありえない場所や状況を語るばかりで要領を得なかった。

その頃、主に夜の間に商店や一般家庭の防犯カメラがとらえた子どもたちの映像が、さまざまなメディアでとりあげられた。その週、何軒かの食料品店に泥棒が入った。すべて、あの子どもたちの仕業《しわざ》らしかったが、バレリア・ダナスの偏見に満ちたドキュメンタリー『子どもたち』の映像のうち、その週に撮られたものは一本だけだった。十二歳前後の四人の子どもが柵をのり越えて庭に入ってきて、窓から顔を出した少年と話すのを見た父親が、驚いて撮ったホームビデオだ。暗いので画質が悪いが、一つの生き物のように積み重なって窓を見上げる子どもたちと、誘惑されつつある孤独な王のような少年が見える。

この映像を見るたびに、まだ出会って間もない頃、ニーニャをエステピの公園に連れていったときに見た男の子たちのことを思い出す。近づいたり離れたりしてしかけてくる、露骨な誘惑。自分をさらけだす危険、相手の意思を征服する甘美さ、説明しがたいが容易にわかる、相手の気を引いたという感覚。子ども同士の誘惑は、大人のそれよりも直感的だ。そこには別の温度、別の論理、それにもちろん、別の暴力性がある。

その映像では、窓からのぞいている少年の恐怖が、だんだんと薄らいでいくのが見てとれる。表情が変化していき、最後には、外の子どもたちが何か可笑《おか》しいことを言ったかのように、気を許してにっこりと笑う。それから窓辺の少年は姿を消し、数分後に缶詰をかかえて戻ってくるが、まだ続きがある。少年は身をのりだし、庭の子どもたちの髪に触れる。最初に一人、そしてもう一人、一番高いところにいる子を触る。後からその子が女の子だったことがわかる。ミニチュアのライオンのようなぼさぼさの髪の美しい少女。そのシーンの映像はさまざまな場所でもう二十回以上見たが、ごく最近になって初めてあることに気づいてハッとした。彼らはほとんど言葉を交わしていないのだ。何もしゃべっていない。無言の誘惑だ。たったそれだけのことに、なぜここまで戦慄を覚えるのか、マヤが生きていたなら聞いてみたかった。

行方不明になった子どもに関して、市は三月十日まで、窮地に追い込まれたときの常套手段をとった。つまり、ほとぼりが冷めるのを待った。しかし、現実は逆の方向に向かった。三月十日のエル・インパルシアル紙の一面に、その日の午後八時にカサド広場に集まるようにという市民への呼びかけが、パブロ・フローレス——行方不明の少年の父親——の署名入りで載ったのだ。フローレスは（その新聞のコラムニストだったのでできたことだった）、「警察の許しがたい怠慢と、子どもを見つけることもできない無能さに対して」立ち上がるよう全市民に呼びかけた。過激なマニフェストのようなフローレスの記事は、サンクリストバルの全住民への二人称のまっすぐな呼びかけで始まった。「あなたの息子、あなたの娘を見てください」そして、誰もが言えなかった言葉を口にする。「スーパー〈ダコタ〉の襲撃以来、この町では『子ども』という言葉を口にするのさえはばかられるようになりました」さらに、巧妙に問題の核心をつく。「この一分、一秒がたつごとに、私の息子を見つけるのはますます難しくなるのです」そして、「助けてください」という悲痛な叫びでしめくくった。

パブロ・フローレスが実際何を期待して、カサド広場に集まるよう市民に呼びかけたのかは、今もわからない。（一週間前、川の遊歩道で私の襟首《えりくび》をつかんだときのアントニオ・ララのように）苦悩する父親の絶望からというのが最もありえそうな答えだが、そう考えるには、フローレスの背景は複雑すぎた。四十三歳のエコノミスト。十数年首都で働いた後サンクリストバルに戻り、個性派の雇い主と渡りあってきた、極めて高い能力を持つ専門家。彼の人生は、見るからに不運の連続だった。一年前、サンクリストバルに戻った数ヶ月後、心筋梗塞で妻が急死し、ようやく立ち直ったかと思ったところで、息子が消えたのだ。

エル・インパルシアル紙にフローレスの呼びかけが掲載された日——事態がコントロール不能になるのを警戒して——市長ファン・マヌエル・ソーサは緊急会合を招集し、「何があってもおかしくない」その集会を中止できないかと投げかけた。市長は——それはもっともなことだったが——〈ダコタ〉襲撃事件以降に起きた事件の政治的責任を問われることはもとより、人々の怒りの矛先《ほこさき》が自分に向けられることを恐れていた。俯瞰《ふかん》するなら、それは地方政治のマスターコースの課題のようだった。族長然としたふるまいに慣れた権威的な市長と、市長ご指名の一握りの公務員と、怒りを爆発させた市民。

地方の首長にありがちなことだが、ファン・マヌエル・ソーサの最大の欠点は、腹黒さではなく、想像力の完全な欠如にあった。彼のような人間にとって、パブロ・フローレスは仇敵《きゅうてき》だった。まだ若く、才能豊かで、階級意識を持っている。その天敵が、じっとこちらを睨《にら》みつけ、子どもの危機に対する職務怠慢を訴え、致命傷を負わせようと脅《おど》しをかけている。会合では、阻止するのではなく、市長が集会に参加して政治家としての度量を見せ、敵ではないことを市民にアピールしてはどうかという意見も出た。この状況の中、親たちが切に願っているのは我が子を見つけることだ。市が謝罪や要望にこたえようとする態度を見せたなら、危機は回避されるのではないかというのだ。

その日の午後八時、おおかたの予想に反してソーサは、彼を引きずりおろそうとする者たちが並ぶ壇上に上がり、いきりたつ群衆の前に立った。そんなことになろうとは、私は想像もしていなかった。彼の中の政治家魂が頭をもたげたのか、それとも、壇上の人々と大げさに抱き合い、子どもたちにキスをすれば、問題は修復できると本気で思っていたのか。だがそこには、彼と抱き合おうとする者も、キスすべき子どももいなかった。ピーピーという指笛の嵐に、壇に上がるなり彼の微笑みはひきつった。誰かが瓶を投げるふりをすると、一瞬、顔に恐怖が走ったが、すぐになんとか笑顔を作り直した。もちろん、集まった四百人の市民の中には、市長が襲われたら駆けつけることになっている、三十人の私服警官が混じっていた。

私は広場の後方でなりゆきを見ていた。怒りのエネルギーで人々はがっちりと結束していて、暴力沙汰に至っていないのが奇跡のようだった。市長の演説は愚《ぐ》の骨頂で、人々の怒りをますますかきたてた。市警察はすでに捜索にあたっていると言えばいいところを、しどろもどろに言い訳し、この件に関して今後市長自ら対処していくと受けあった（それまで無策だったことを逆に露呈《ろてい》した）。

すると、次の瞬間、パブロ・フローレスが壇上に躍り出た。「我々の子どもたちを探しだすのだ！」と絶叫すると、カサド広場全体がウォーという、今思い出してもぞっとする雄叫《おたけ》びに包まれた。サンクリストバルの市民の、ぼんやりしていると言ってもいいほど平和的な性格を考えると、嘘のように素早い反応だった。バレリア・ダナスが撮影したビデオでは、承認の叫びの後、しばらく映像が途切れるが、実際はその騒ぎは五分以上続いた。五分間に及ぶ叫びと喝采。その声が表すものは、時を追って変化していった。最初は承認だったのがだんだんと混乱していき、最後は威嚇《いかく》や怒声。市長は大急ぎで演壇から降りた。私も身の危険を感じた。ここにいては危ない。パブロ・フローレスには、どこかヒステリックなものがあった。我が子が見つからず三日も寝ていないからだろう、目が血走っていた。良識ある人間の狂気ほど危ういものはない。普段から暴力的な人間と違って、真面目な人間ほど、いったん激するととどまるところを知らなくなる。その時、誰かが目の前に彼の息子を立たせたとしても、フローレスは逆上のあまり息子を見分けられなかったかもしれない。

だがフローレスは、それ以上叫べなかった。舞台に近い広場の一角で、もみあいが始まったのだ。マイクの音が途切れた。それで事はおさまるかに見えたが、いきなりほんものの激しい乱闘になった。市長の警備にあたっていた私服警官が引き起こしたのだろう。三十人以上が巻き込まれていた。もしものときのために、広場の別の一角で待機していた警官隊も加わり、大混乱に陥《おちい》った。

私のいた場所から十五メートルほど先に、アントニオ・ララのものに違いない首が見え、近づこうとしたが、すぐに見失った。どうにかこうにかその場を抜け出し、私は市役所に向かった。半時間後、乱闘がおさまったのを知った。重傷者はいなかったが、十二人のけが人が出て、パブロ・フローレスを含む三人が逮捕された。さらに、もう一つ、知らせを受けた。その夜、カサド広場の騒ぎの間に、二人の少年と一人の少女、合わせて三人の子どもが失踪したのだった。

愛と恐怖には共通するものがある。どちらに支配されているときも、私たちは騙《だま》され導かれるままになり、信頼や自分の運命の行方を他者の手にゆだねる。あの三十二人の事件が十年か十五年後に起きていたらどうなっていただろうと、私は何度も考えた。一九九五年一月と、二〇〇五年一月や二〇一〇年一月の間には埋めがたい溝がある。目を引くためだけの皮相な情報、ソーシャルメディア、九十歳の老婆をリポーターにしてしまう携帯電話などは、遠くない――が、はるか昔の――過去である一九九五年には存在しなかった。「これが現実だ」という単純な言葉の意味が、ここ二十年の間に、その前の二百年とは比べものにならないほど大きく変わった。夕方になるとサンクリストバルの住人たちがぶらぶらそぞろ歩き、写真をとりあうエレ川の遊歩道は、今も昔も変わらないが、同時にまるっきり違う。時の流れ以上に恐ろしく変化したのは、信じることへの態度だ。あのようなことは、本当に起きたのか。事実を話しても今の若者たちは、神話めいた寓話《ぐうわ》としか思わないだろう。実際この目で見た私たちでさえ、本当にあったという確信が持てない。映像も決め手にはならず、遊歩道に寝かされた三十二人の遺体を見たところで、信じられるとは限らないのだ。

カサド広場の集会のあの夜に、私の一部が、それまでの自分ではなくなったのが今はわかる。私は体をわななかせ、のろのろと市役所に戻りながら、これからどうすればいいか、思いめぐらした。すると、ある奇妙な決意が湧きあがり、着くなりまっすぐに市長室に向かった。フアン・マヌエル・ソーサは警察署長のアマデオ・ロケと話していた。十五分以上、隣の部屋で待たされるうちに、先ほどの決意がどこか他人事のように固まっていった。中に通された。秘書がドアを閉めた。空気が重苦しい。ここで市長と一対一になるのは初めてだった。市長からは、当惑と恐怖にとらわれた者特有の切迫感が感じられた。ところが、向き合ってみると、カサド広場で浴びせられた非難と屈辱《くつじょく》で、はらわたを煮えくり返らせているのがわかった。しかも、私が、彼を壇上に立たせようと言い出した発案者の一人だと、なぜかしら思いこんでいた。何様のつもりだと嚙みついてきた。一瞬、とびかかってくるかと思ったが、妙に繊細な仕草で椅子の肘掛《ひじかけ》を握りしめただけだった。だが、もっと嘘のようだったのは、私自身の反応だった。何が起こると思っていたのかと、冷ややかに問い返した。あなたは友だちがいないし、あなたにははっきりと物を言う人間は役所には一人もいないと私は言った。なぜそんな自殺行為のような態度に出たのかと、言いながら自問したが、それは未だに謎だ。

私がしようとしてきたことは確かにろくでもないことばかりで、咎《とが》められても無理はなかった。だが、この時私には、すべてを素早く丸くおさめる解決策を見つけたという自負があった。実行すれば、市民の蜂起を回避し、この危機を終息させられるはずだ。

私は計画を市長に告げた。

まず、情報を操作し、明日の新聞には、今日の集会について、「蜂起」の可能性を減少させるような公式情報を掲載させること。次にパブロ・フローレスを今すぐ釈放すること。そして、夜明けと同時に市警察を一人残らず動員してジャングルに捜索隊を送りこむこと。子どもたちを直《ただ》ちに見つけ出さなければならない。一人見つければいい。子どもは大人と違う、白状のさせ方を間違わなければ、子どもはじきにしゃべりだす、それで十分だと、私は彼に言った。

どういう意味だと、市長はたずねた。

ここで説明する必要はないだろうと、私は答えた。

しばし沈黙があり、ソーサはまた椅子の肘掛を撫《な》でた。部屋は暗く、私たちは薄暗がりの中の二匹のコウモリのようだった。ソーサは電気をつけ、私に名をたずねた。部下の基本情報にまったく無関心な人間と、自分が話していたのを私は悟った。私が誰かわかりもせずに、さげすむ妻を見る酔っ払いのような目つきで、皮肉に顔をゆがめ、挑むようにこちらを凝視《ぎょうし》している。愚鈍《ぐどん》だが要領のいい頭脳が回転する音が聞こえてくるようだった。

「私が倒れれば、おまえも倒れる」市長はとうとう口を開いた。私がすぐに答えずにいると、言い直した。「私が倒れれば、みな倒れる」

私は市長の顔に神経を集中しようとした。政治家として屍《しかばね》同然のこの男と、無謀にも運命をともにしようとしている自分が驚きだった。

「そのようですね」私は答えた。

市長はにやりとした。

「私が倒れれば、みなもろともだ」

ある状況で感じるのが当たり前のことを感じないと、現実自体が嘘のように思えるものだ。論理は痛みを和《やわ》らげないが、痛みを説明することはできる。すると、物事は理想の輝きを帯び、緊急性が緩和される。市長の前に立つ私は、自分ではない別の人間のようだった。だが、あのような言葉（そこに含まれた無言の暴力とともに）を私に言わせた感情は、今もそのままだ。それは私だが、脱臼《だっきゅう》した邪悪なものがそこにはある。突然瞼《まぶた》を裏返したまま瞬《まばた》きをしようとしているかのように。

いつもなら、私はもっと論理的――もっと寛大でさえあるだろう――だが、あの時の私は、父親と何日にもわたって、我慢比べをしてきた少年と似かよっていた。堪忍袋の緒が切れて、とうとう父親がテーブルをドンと叩き、少年を叱ろうと立ち上がる。物理的暴力が始まる直前の、怒りが湧きあがったその瞬間、暴力はまだ頭の中にある。その時、危険にさらされているものは何だろう？　さっと振り向き、父親の我慢が限界を超えたのを子どもが悟ったとき、暴力はすでに現実のものになっているのか？　三十二人が限界を超え、サンクリストバル市が机に手を叩きつけたとき、その憤怒《ふんぬ》と現実の暴力の間には、まだへだたりがあった。

エル・インパルシアル紙の社主マヌエル・リベロを脅すのは訳なかった。ソーサの指示どおりにすればよかった。市長からの伝言だとして、市との契約を破棄されたくなければ、今夜行方不明になった三人の子どものことも、カサド広場であった乱闘のことも明日の新聞に一切書かないようにと告げた。契約とは、新聞社の足かせとなっている借入金の支払いを優遇するためのものだった。寒々とした気まずい沈黙があった。相手こそ違え、このようなことは初めてではないのだろうと思い当たった。自分が落ち着きはらっていることに、再び驚きながら私はたたみかけた。

「市民の蜂起を我々は望みません。今はいなくなった子どもたちを探すのに集中すべき時です。彼らの安全がかかっているのです」

安全とは魔法の言葉だ。ごく基本的なロジックすら棚上げする呪いをかける。マヌエル・リベロはとうとう口を開いた。子どもたちの新たな失踪について書かないのはわかったが、集会のことを書かないわけにはいかない、あれだけの市民が立ち会い、今も記者が記事を起こしつつあると。そこで私は答えた。その記事は投稿欄に回し、カサド広場の集会はつつがなく推移したというのを新聞社の公式見解とするように、記事は私が書き一時間以内に送ると。

必要に迫られると、これほど迅速に人が不当な条件をのむとは驚きだった。私の人生において、恐喝をしたのはこれが最初で最後だった。マヌエル・リベロの抵抗にあって、自己嫌悪に陥るのではと私は懸念していたが、すんなり彼は受け入れ、取引はあっけなく成立した。それは、私にとって思いもよらないことだった。その後彼と私が、同じ恐怖を共有することになろうとは――脅迫と屈服は、ある種の共通の場を必要とするかのように――、また、その恐怖が私たちを結びつけることになろうとは、その時は想像もしていなかった。あたかも自分たちが不本意な仕草に、密やかな行為に守られるかのように。

子どもはいるのかと、私は彼にたずねた。三人いるという答えが返ってきた。

「こういうのは、気分のいいことじゃない」と、彼が言った。

「しばらくの間のことですよ」と、私は返した。

「あんたやわしのような人間が、こんなことをしているうちだけか」

それはつつましい戒《いまし》めだった。しかし、それが自分を攻撃する言葉ではなかったのを私が理解したのは、ずっと後になってからだった。めまぐるしいその夜には、私はそれを非難と受けとめ、尊大な答えを返した。彼はそのまま電話を切り、それきり私に声をかけてこなくなった。あれから二十年の月日が流れたが、どこかで偶然彼を見かけて近づこうとしても、あからさまに背を向けられる。一秒でも話す機会をもらえたなら、私があの言葉に感謝したいだけだとわかってもらえるだろうに。

捜索は、翌一九九五年三月十一日の朝五時集合で、開始されることになった。市の警官百六十四名のほか、少なくとも四十人のボランティアが参加予定だった。大半は行方不明の子どもの身内だ。ボランティアを駆り集める役をかって出たのはパブロ・フローレスだった。被害者家族の代表として先頭に立つ人物が必要で、それには彼が適任だった。フローレスには、捜索の基本的注意点を書き出した参加者用の注意書きが渡され、集合時間を厳守するよう伝えられていた。その夜、私はほとんど眠らなかった。エル・インパルシアル紙に載せる、カサド広場での出来事を書いた文章を送ってオフィスを出たのは夜中の二時だった。

家に向かう前に警察署長のアマデオ・ロケの部屋をのぞいた。その時刻、彼は数名の部下を集めて、明け方からの捜索の順路をつめているところだった。ロケは見かけによらず、実に気のいい男だった。しつこく怒りっぽいところはあるが、根は善良だった。女のようにはりだした尻と不似合いな、無愛想な顔と薄くなりかけた頭部で損をしているが、エネルギッシュな動きがそれをカバーしていた。四人の部下と、市郊外の地図の上にかがみこんでいる。ロケのいつもより高めの声のトーンに、部下たちは気圧《けお》されていた。事態が紛糾しカリカリしているのだろう。予断を許さぬ状況に、いつもの彼らしい冷徹な論理がショートしているようだった。市長から発せられた十以上の警告や、間違えば降格になりかねない状況よりも、何かもっと深く、本質的なこと、思うようにいかないものへのいらだちから、過敏になっているようだった。

みな疲労困憊《こんぱい》し、半分死んだような顔をしていた。アマデオ・ロケが、翌日の作戦を開始する地図上の地点に印をつけようとすると、鉛筆の芯が折れた。削るか、別のをよこせと頼む代わりに、ロケはいきなりバキッと鉛筆を折り、部下の顔に投げつけた。普段のロケの細やかな気づかいからすると、それは異様な行動だった。本心から暴力をふるっているというよりも、自分が予想のつかないことをする人間に「見える」よう演技しているか、演技のリハーサルをしているかのようだった。だが、様子がおかしかったのは彼だけではなかった。そこにいた誰もが距離をとり、互いを避けようとしていた。自分が何をするかも、相手がどう反応するかもわからなくなってきていたのだろう。

もう市庁舎には誰も残っていなかった。私たちはほとんど挨拶もせずに解散した。あれだけのことがあったのに、夜は嘘のように静かだった。月は満月に近く、まだ当時はそういう場所があちこちにあったのだが、街灯のない街路は木の影でまっ暗だった。家まで十五分ほど歩く間、今にも子どもたちの一人が目の前に飛び出してきそうな気がした。背中を丸め、写真のアントニオの顔を思い浮かべた。ニーニャの父親に手渡されてから、私はその写真を肌身離さず持ち歩いていた。私の想像の中の彼は、おとぎ話の小人や妖精のようだった。ふいに、おとぎ話でよくあるように、彼が現れるかどうかは私の願いしだいだという気がして、しばらく強く願ったが、誰も現れなかった。ほとんど風はなく、玄関に動くものは何もなかった。居間とニーニャの部屋の電気は消えていて、私の部屋から、マヤのナイトテーブルの明かりだけがぼんやりと見えていた。

玄関を開けると、モイラが出迎えた。この町にやってきた日に車ではねてしまった雌犬だ。モイラは飼い犬にはならなかった。しばらくうちにいたかと思うと、ふっといなくなり、何ヶ月かして、飢え死にしかけるか、けんかで大怪我を負うかして、ひょっこり帰ってくる。モイラはうちを、家庭というより、奇跡を求めてたどりつく救援センターと理解しているふしがあった。モイラが帰ると、私たちは用心しながらも喜んで迎えた。マヤは迷信からモイラに触れようとせず、病原菌を持っているかもしれないと言って、ニーニャと遊ばせなかった。その時は、車ではねたときよりももっと危ない状態で帰ってきた。ヒツジバエと呼ばれる熱帯性のハエに卵を産みつけられ、うちにたどりついたときには、彼女の肉を栄養にして、幼虫が手の施《ほどこ》しようがないほど育っていた。首の下の毛をかきわけ、うようよと幼虫がとぐろをまいているみかん大の玉を見つけたときは虫酸《むしず》が走った。寄り集まったなかば盲目の生き物たちは、一瞬動きを止めたが、次の瞬間、前よりいっそうくねくね蠢《うごめ》きだした。今はすっかりよくなったモイラは、元気よくハアハア舌を出し、人間にされたなら耐えられそうにないほど執拗《しつよう》に、暗闇の中で私を見つめた。傷はほとんど癒《い》え、首の下の毛がなくなった部分もほとんどわからなくなっている。

みな死ぬまいとしている、と私は思った。幼虫やセコイア、エレ川からシロアリまで。私は死なない、私は死なない、私は死なないというのは、地球というこの星の唯一の真の叫びのようだった。本当に確かな唯一の力。私の前でただ尻尾を振っているモイラにも、子ども部屋で眠っているニーニャにもそれが感じられた。そして、寝室で今日あったことを語る私を、知的な光の宿る目で見つめながら耳を傾けるマヤにも。私は話しながら猛然と、その原初の叫び——私は死なない、私は死なない、私は死なない——の必要性を感じ、その叫びがあるうちは、マヤと私に善きことがもたらされる気がした。けれども、善きエネルギーがいくらはなたれようと、その叫びがもたらす心のざわつきは消えなかった。

私はマヤに、カサド広場の騒動のことを事細かに話した。

その夜、エル・インパルシアル紙の編集長を脅したこと、明け方には捜索が始まること、一気にこの件を片付けようと私たちが決意していることを告げた。

目をつぶって休むようにと、マヤは言った。私は何も言わずに彼女を見た。暗闇の中で、瞳孔が開いた彼女の黒目は、生まれたばかりの赤ん坊の目のようだった。彼女は私のことを誇らしく思っているようだったが、なぜかしら、それを口に出して言おうとはしなかった。ふいに一日の疲れに襲われた。だが、まわりに動くものがなくなると、さっきの叫びがよりいっそう強く響いてきた。隣で横向きで寝ていたマヤが、私の背に手を当てた。落ち着かせようとするときにする、いつもの何げない仕草だ。バイオリンの弦《げん》を押さえるせいで指先の硬くなった小さな温かい手が、普段より熱く感じられた。それは手というより、もっと荒々しいもの、私をつついて断崖へ押しやる杭《くい》のようだった。そして、その間もずっと、あの叫びが聞こえていた。ある時は高笑いの声とともに、またある時は甘美だが不安をかきたてる響きとともに。私は死なない、私は死なない、私は死なないと……。

汗をびっしょりかいて、私は目を覚ました。

「ずっと寝言を言ってたわよ」マヤが囁《ささや》いた。

「なんて言ってた？」

「よく聞こえなかった」

「言いたくないんだね」

彼女は、答えたくないことをきかれると、いつも独特のやり方ではぐらかした。そして、微笑んで、とどめを刺す。

「知りたくないくせに、どうしてたずねるの？」

私たちの会話は、よくそんなふうに終わった。東洋の寓話のように。今日は帰れないかもしれない、子どもたちを見つけるまで捜索を続けるだろうからと彼女に告げた。だめだと思っても、諦《あきら》めないようにと彼女は答えた。また、とても彼女らしい、気になることを言った。怖がらないようにと。

「怖がるって、何を？」私はたずねた。

「彼らを見つけることをよ」

朝五時、空気は澄みきっていた。まだちらほらと街灯がともり、物音一つしない。眠気でぼうっとしていた私は、川の遊歩道のほうに二百メートルほど歩いたところで初めて、モイラがついてきているのに気づいた。寄生虫よけの白い首輪についた小さな房が、動くたびにかすかな音を立てている。初めて見たとき同様、シェパードの雑種の優雅なたたずまいに改めて感嘆した。恩返しのつもりだろうか、私は感謝をこめてモイラの頭を撫《な》でた。

警官とボランティアを合わせて、捜索隊は総勢二百人となった。観光用の桟橋に集まった人々を見て、参加しようという者がこんなにいるのかと驚かされた。当時の桟橋は今とはまるっきり違った。渡し船も、サンクリストバルの誰もが自慢している、今のりっぱな白い双胴船ではなく、〈チョリート〉と呼ばれているクルミ形の青い小舟だった。アマデオ・ロケはその船に乗りこみ、船尾から、自分は警察署長だ、これから山狩りの進め方を説明するとメガホンで怒鳴った。昨夜よりはいくらか元気そうだったが、まだ神経が昂《たかぶ》っているようだった。ボートの船べりにしがみつく姿は、馬を馴らしているように見える。今日はジャングルの岸から六キロまでのところをシラミ潰しに捜索する、子どもたちはそれ以上奥にはいかないはずだ、と声を張り上げた。東側――最後に子どもたちが遠くから目撃された場所――から始めて、扇状に範囲を広げ、市の西側まで進んでいく、という計画だった。

男たち（捜索隊はほとんどが男性で、女性は警察の保安部隊の五、六人しかいなかった）は緊張していた。ほぼ全員、事前の指示どおりに、長ズボンに丈夫な靴を履き、薄い色の木綿の服を着ている。眠そうだが真剣な表情だ。一瞬、子どもの頃に見た、ロメリア祭の朝の光景が蘇ってきた。はるか昔から行われてきた春の風習だ。季節の変化を感じ、巡る時を祝い、神々に豊穣《ほうじょう》を祈る。乾季と雨季しかないこのジャングルからすると、四季のある土地は別世界のようだった。アマデオ・ロケが船尾から注意事項を叫ぶうちに、夜明けの光が差してきて、人々の様子がはっきりと見えだした。川に最も近い位置にいるのは、パブロ・フローレスがリーダーを務めるグループだ。彼を責任者にしたのは正解だった。昨夜ほどの勢いはない――疲労のせいだろう――が、カサド広場の壇上に上がったときと同じ、狂気じみた目をしている。だが、アントニオ・ララの姿は見当たらなかった。リストに名前があったので、いるのは間違いなかったのだが。ホイッスルが鳴った。捜索開始の合図だ。私たちは持ち場についた。

スーパー〈ダコタ〉の襲撃直後に行われた捜索の失敗から得た教訓で、全員が山刀《マチェテ》とホイッスルと懐中電灯を携え、十人に一人は、保健所が昨夜のうちに準備した、何種類かの毒蛇用のキットを持っていた。保健所は、ガラガラヘビとサンゴヘビの見分け方の基本を説明したチラシを用意し、血清《けっせい》の入った色つきのガラス瓶に対応する蛇の絵がはりつけてあった。嚙まれたら一刻も早い血清注射が肝心だが、まずはどの蛇に嚙まれたのかを正確に見極めなければならない、と同行する医者が説明し、皮膚をつまんで、どう注射をすればよいか、簡単なデモンストレーションをした。毒蜘蛛《ぐも》に刺されたとき用の抗ヒスタミン剤の注射もあった。ロケは、各人間隔を二十メートルずつあけ、両隣をくれぐれも見失わないようにと念を押した。子どもの姿が見えたときは、追いかけるのではなく、ホイッスルを三回鳴らして、スピードは変えずに近づいていくこと、何があっても隊列を崩さないようにと。

人の記憶はあやしいもので、感覚や印象で変わることがしばしばある。とうとうジャングルに入ったとき、あたりの空気はミルクのように白っぽかったと覚えているが、あれは私の記憶違いだろうか。川岸の近くのことはよく知っていた。以前、よくはやっている休憩所がそのあたりにあり、引っ越してきたばかりのころ、マヤとニーニャとよく遊びに来た。廃業した店は空き家のまま、まだそこにあった。バーベキューの道具は取り払われていたが、まだ残っているレンガのテーブルが未開の文明の粗末な遺跡のように見えた。あの頃から百年もたったような気がして、当時の自分の無邪気さが懐かしくなった。善悪など関係なく木々は育ち、昆虫も植物も、人間の理屈や感傷などおかまいなしに生きている。そう思うと、いくらか慰《なぐさ》められた。

捜索は、ほとんど遊びのようだった。一列になって茂みに分け入り、山刀《マチエテ》をふるいながら、なるべく音をたてずに道を切り開いていった。木の枝や倒木を――言われたとおり――よけて歩く自分のゆっくりとした足音と、時折遠くで響くホイッスル以外、何も聞こえない。ホイッスル一回は止まれ、二回はまた歩きだせ、三回は子どもを見つけたという合図だった。三回ホイッスルが鳴ったときは、両側の仲間と距離をとりながら音のしたほうに近づき、取り囲んでいくことになっていた。私たちはのろのろと進んだ。あまりにもゆっくりなので、何分かすると自分がどちらに進んでいるかわからなくなった。しかも、エレ川の支流を渡るところで、一旦隊列を崩し、もう一度並び直さなければならなかった。それだけのことに、もとの配置に戻るまで一時間半近く時間が無駄になった。みな黙々と作業に没頭していた。二時間以上ジャングルの中にいると、なんとも言えない憂鬱《ゆううつ》な気分が滲《にじ》み出してきた。ニェエの儀式の厳粛さは、ジャングルの植生が彼らの思考に課すゆったりとしたペースのせいかもしれない。だが、時間はかかろうときっと子どもたちは見つかると、誰もが確信していた。数時間ですむか、三日かかるかはわからない。だが、最後には見つかると。そして、奇妙に思うだろうが、マヤは正しかった。私たちは子どもを見つけることを恐れていた。

モイラは私の隣ですまして歩いていた。そのあたりの地理は熟知しているらしく、時折、数メートル離れた木の幹の匂いをかいでは、おもしろくなさそうな目をして戻ってきた。私が何を探しているのか、わかっていないだろうと思っていたが、ふいにモイラは足を止め、意味ありげに唸《うな》り始めた。モイラが見ているほうに目をやった。何も見えない。生い茂る葉と、むき出しの赤土の向こうに、緑の壁がそそりたっているだけだった。

高い梢の間から木漏れ日が差し込み、地面にぽつぽつと明るい点ができている。その時私は、体のどこかで直感した。モイラは子どもを見たのだと。改めてモイラを見て視線の向きを確かめ、自分の視線の方向を正した。もう一度、緑の壁を見たとき、一つの場所を見つめすぎて目がくたびれたときのように、壁がぼやけていった。ふいに、鳥肌が立つほど鮮明に、ある物が浮かびあがった。

その時、私は見た。

緑一色の、その茂みの中に描かれたあごを。

口を。

まち針の頭のような二つの目を。

五年ほど前、友人の息子の披露宴で、へんてこな蝶ネクタイの男と同じテーブルになったことがある。マヤが生きていた最後の頃のことだ。彼女の病気のことで私は気がふさぎ、何を話しても会話は陳腐で、九割の人間が耐えがたいほどくだらなく思えていた。ニーニャはもう少女《ニーニャ》ではなくなり、物理の教師と恋におち、その男と暮らすために家を出ていった。私は傷ついたが、一方で安堵《あんど》もした。ここ数ヶ月、マヤの病にニーニャの恋愛のいらいらが加わり、いたたまれない思いをしていたからだ。マヤを失うこと、彼女の死後、孤独と向き合うことを考えると、世界はできそこないで無意味なものに思えた。私は「苦悩する者の傲慢《ごうまん》」とも言うべき状態に陥っていた。長く思い悩んでいるうちに、その不幸によって自分が人より徳の高い人間になったように思いこむときがある。行くのをよそうかとためらいながら列席した私たちは、席に着くなり、その蝶ネクタイの男が目に入り、やっぱり帰ろうと私はマヤに言いかけた。けれども、二分後には、帰りたくないのは私のほうになっていた。彼は愉快に場をなごませてくれたばかりか、妻にもどこか非常に細やかな気遣いを見せた。私は感動を覚えた。病気のことをよく心得ている者の間には、独特の仲間意識が生まれる。食事がすみ、冗談まじりに新郎新婦をひとしきり茶化した後で、その男はやや真面目な顔になり、奇妙な質問をした。

「初めて会った人に、この人は自分の一生を左右するだろうというサインを感じたことはありませんか？」

「サインって？」マヤがたずねた。

「具体的なものとは限らない。光とか音とかでもいい。はっきりと確かに感じるもの。その人がこの先一生、自分の判断にかかわってくるという予感みたいなもの」

よくわからないけれど、直感とか一目惚れとかなら身に覚えがあると誰かが答えた。すると、蝶ネクタイの男は首を横に振った。

「恋愛はもちろん別さ。証人って言ったらいいのかな」

そして彼は、誰にでも証人がいるという、その蝶ネクタイに負けず劣らずとっぴな持論を披露した。証人とは、心密かにわかってほしいと思っている相手、何をするにもその人のことを考え、心の中でいつでも密かに対話する相手のことだ。配偶者や父親、兄弟、恋人ということはまずなくて、思いがけないところにいる。日常生活では会わない、二次的な人物だと。

そのテーブルにいた者の中で、彼の言わんとしていることを理解したのは私だけだったと思う。

説明のあとで場が静まったとき、ヘロニモ・バルデスの顔が頭に浮かんだ。ヘロニモ・バルデスは、この十五年間、私にとってまさに証人だった（入出所を繰り返し、その時は、ちょうど県の刑務所にいた）と思った。蝶ネクタイの男性が言うように、十五年前、一斉捜索で初めて彼を見たとき、私はサインのようなものを感じた。モイラが凝視していた目の前の茂みの中から、目鼻が浮かびあがってきたときに。彼はその時十二歳だったが、九歳といっても通りそうなほど、小柄でやせていた。リスのように顔は細く、目と髪は栗色。自然が三色に塗り分けたかのように、歯は白く輝き、髪は栗色で、肌と唇《くちびる》は明るい褐色だった。

二十メートルくらい先で、微動だにしなかった。薄汚れた白いシャツを着て、正面から私をじっと見つめている。自分の背の十倍も高くジャンプするマメジカの子のように、すばしっこそうだった。サインがあった。だが、それが何なのか、なぜそれほど長いことと二人とも声をたてなかったのか、わからない。本当に長い時間だったのか、それとも本当は数秒だったのに、興奮からそう思えただけだったのか。ホイッスルを口にくわえていたが、私は鳴らさなかった。たじろいだせいもあったが、鳴らさないでくれとその子が懇願しているように感じたからだった。瞬間、彼の身軽さは私の「重さ」しだいなのだという気がした。私の重力が彼をその場にとどまらせている。飛び出さないようにモイラをぎゅっと押さえたが、次の瞬間、彼を追い始めたのは私だった。ヘロニモはぱっと身をひるがえして、駆け出した。

記憶では、走っていた時間はそれほど長くない。体に残った痕跡からもそれがわかる。私は顔に引っかき傷を作り、後で腫れあがったのでわかったのだが、どこかで膝《ひざ》をぶつけていた。前を横切ったモイラをあやまって蹴飛ばし、モイラはキャンと声をあげた。そこからいくらもせずに、ヘロニモのシャツをつかみ、二人もつれあって転びかけた。だがそのとき、ビリッとシャツが破れ、彼は逃げだした。数メートル走って、やっと腕をつかんだが、彼は激しく足をばたつかせた。数ヶ月前、庭でマヤのバイオリンを聴いていた少女の腕をつかんだときの感触が蘇ってきた。八本だか十本だかの脚をやみくもにふりまわす、子どもというより、巨大な昆虫のような生き物。その脚には小さな鉤爪《かぎづめ》がついていて、刺したりひっかいたりする。市内の生活困窮《こんきゅう》者と同じような、すえた悪臭が鼻を刺した。似ているが、もっと甘ったるい、賞味期限がとっくに切れたヨーグルトのような臭いだった。

ようやく体を立てなおし、つかんでいないほうの彼の手を見たとき、何が起きたかを私は理解した。血だらけの手には、指の関節が白くなるほどぎゅっと力をこめて、棒つきキャンディーくらいの長さの小型ナイフが握られていた。いつのまにか、私は腕を二箇所、ナイフで刺されていた。二人とも呆然としていた。彼はナイフで私を刺したことに、私はいきなり鉄の味しか感じなくなったことにショックを受けていた。はっと我に返ると、彼はもう一度、今度は胸をねらって向かってきたが、私はその手をつかみ、彼の手首に親指をくいこませた。ううっと声をあげて、彼は地面にナイフを落とした。顔は、中庭の舗装に使うアスファルトのような垢《あか》にまみれ、髪はヘチマよりもゴワゴワしている。上唇には、気味悪く黒ずんだヘルペスか火傷《やけど》の跡がてかてか光っていた。

「おとなしくしないか」その視線に耐えきれずに私は言った。「聞こえてるよな？」

だが、ヘロニモは答えなかった。

私たちは、初対面ですんなり相手に受け入れられることはない。しかも、自分が何者かを、何度も繰り返し証明しなければならない。私があの蝶ネクタイの聡明な男に言いたかったのは、おそらくそのことだった。何かを感じて私たちが相手をかけがえのない対話者に選んだとしても、それはこちらの都合であり、相手を証人とするのは、つまるところ私たち自身なのだ。証人であるかどうかの真偽は、誰も永遠に保証できない。たとえ相手が子どもであっても。

ヘロニモは古典的な美しさをそなえていた。ニェエの子どもがみなそうであるように、禁欲的で意志の強い気質と対照的に、写真に写すと美しく見栄えがした。めったに笑わないので、微笑むとその笑顔はすばらしく見える。冗談好きだが、人の冗談をすぐに真に受けてしまうところが、いかにもサンクリストバルの人間らしかった。茶栽培農家の一家の四男で、歩けるようになってからはずっと、サンクリストバルの路上で物乞いをしてきた。だが、彼の人生は夢で聞く音のようで、いつも家族の中で浮いていた。だから、早くから三十二人に加わったのもうなずけた。子どもたちを撮った代表的な写真の多くに彼の姿は認められた。スーパー〈ダコタ〉の襲撃後、走り去る子どもたちの中にも、バレリア・ダナスのドキュメンタリーに映された日付のない映像にも映っていた。どの映像でも、ややよそよそしく、ほかの子たちと少し距離を置いて見えるが、かといって孤立しているわけではなく、何かの才能でみなに一目おかれているようだった。

何年もしてから、県の刑務所に面会に行ったとき（ヘロニモはその頃、もう二十歳で、恐喝と窃盗で再び投獄されていた）、あの日、ジャングルで私が「捕まえた」とき、どんなことを思ったか、たずねたことがある。何かあるのがわかっていたので、一晩中怖かったと——当時のことを話すときはいつも話題をそらし、ぼそぼそとしか返事をしなかったのだが、その時はいつになくきっぱりと——言った。どうして一人だったのか、ほかの子たちと離れて何をしようとしていたのかは覚えていなかった。本当に覚えていなかったのだと思う。嘘をつくくらいなら黙っている子だったから。当時のことに話が及ぶと、彼の目には、私と初めて会ったときに見せた攻撃性が再び宿った。だが、その攻撃性が憎悪に変わることはなく、私も彼に憎しみを覚えることは決してなかった。

人は自分自身を許し理解しない限り、他人を許したり理解したりできないものなのだろう。彼の手首をつかみ、折れそうなほど強く親指をくいこませ、くわえていたホイッスルを力の限り吹いたとき、その視線にもう耐えられず、降参しているという自覚が私にはあった。

あの日、その後の記憶はもやがかかったようで、はっきりしない。どこかの時点で意識を失ったこと、担架にのせられて県立病院に担ぎ込まれたときに一リットル近く失血していたことは知っている。翌日意識が戻ったとき、枕もとにマヤとニーニャがいて、ニーニャが驚いたように目を見開いてこちらを見ていたのも知っている。傷を負った私を見て、ニーニャは一瞬、思春期にさしかかった娘から幼い少女に戻り、目に涙をいっぱいためて私の首にかじりつき、キスをした。運びこまれたとき私はひどく興奮していたため（それについては何も覚えていなかった）、安定剤を投与され、十二時間以上眠り続けていたのだとマヤが言った。捜索は終わり、子どもは見つからなかったとも告げた。

「ぼくが見つけた子は？」

「あなたが見つけた子、一人だけ」マヤは言い直した。

「本当に、ほかには一人も見つからなかったのか？」

重複した質問をしたときにいつもそうするように、マヤは答えなかった。東洋的なかわいい女性だった。

「痛む？」彼女はたずねた。

ごく簡単なことも、よくよく考えないと私は答えられなかった。何時間か前、間近に見た顔を思い出そうとしたが、はっきりとした像は結ばなかった。ただ体の軽さは蘇ってきた。身体的特徴というよりも、存在そのもののような軽さ。生きている小鳥を初めて手に乗せ、小さな心臓がピクピクと神経質に脈打つのを感じたときのような感覚。その時初めて、右腕のナイフの傷が目に入った。一つは前腕、もう一つは上腕二頭筋に半円形に切りこまれたもっと大きな傷。骨が折れているかのように激しく痛んだが、幸運な男だと思ったほうがいいと医者に言われたとマヤが言った。あと数センチ右にずれるか、ざっくり静脈を切られていたら、三倍失血して確実に死んでいただろうからと。

三十分後、病室にアマデオ・ロケがやってきて、私が見つけた子はヘロニモ・バルデスという名で、エル・インパルシアル紙に載った写真から家族の確認がとれたと告げた。彼は家族のことを知りたくなさそうで、両親（あまりに大騒ぎになったので、しぶしぶ出てきた）も、べつに何もないのがわかると、それ以上知りたがらなかった。小さい頃から乱暴で、一度弟を殺しかけたことがあると語ったという。留置場に入れてからは、野生動物のようになり、何も食べず、きちんと用をたそうともせず、質問をしても「理解できない言葉」でしか答えない。アマデオ・ロケも哀れな形相だった。三日寝ていない様子で、頬の肉がたるみ、肌が青黒くなっていた。捜索作戦の失敗からくる反感が加わって、市民は

——ロケは話し続けた——カサド広場の集会の直後同様、いらだちを募らせ、市長は辞職寸前だ。警察もパンクしている。家電店に強盗が入り、ガソリンスタンド二軒でピストル強盗が発生した。国は、県内のほかの都市から警官を送りこもうとしている。ジャングルの子どもたちは文字通り煙のように消えたままで、ヘロニモ・バルデスはしゃべるのを拒否している。八方塞がりだ、と。

一九九五年三月十三日、一斉捜索の二日後、私は右腕を吊って病院を出て、ヘロニモ・バルデスが収容されている警察署に向かった。まだ傷はひどく痛んだが、その三十分前に市長から、そこに彼がいるという電話を受けたのだ。

「話させるのはそう簡単じゃなさそうだ」

アマデオ・ロケが指揮する尋問チームに加えてくれるよう頼むと、市長は四十八時間しかないと告げた。四十八時間するとヘロニモは司法の管轄《かんかつ》にまわされ、そうなると「更生保護施設」に引き渡されるまで少年鑑別所に隔離されることになるからだ。この件に関しても、市長はいつもどおりの手順を踏むつもりのようだった。

「それでどうにかなるとは思えんが、やりたいならやれ……」

人生で起きる不幸はすべて、幼い頃、何の気なく石を投げて一匹の水蛇を殺してしまった因果だとするヒンドゥー教の賢者の話をいつか読んだことがある。マヤの病気や、ニーニャの私への冷淡さ、世界の美しさに私が関心を持てないことすべてが、ヘロニモ・バルデスを四十時間眠らせなかったせいではないと誰が言い切れるだろう。

アイデアは、市長との電話を切ってすぐに浮かんだ。飛行機の長旅で二晩眠れなかったときに、狂気に陥りかけた体験がヒントになった。飛行機を何度も乗り継ぎ、三十五時間近く眠らなかったとき、私は客室乗務員に怒りをぶつけ、体が壊れるのを感じたことがあった。説明が難しいが、まずミシミシという音が聞こえ、心筋梗塞かとおびえていたら、続いて吐き気がこみあげ喉を締めつけられた。まわりの乗客が驚いてこちらを見つめ始めた。飛行機の大きなエンジン音が、ほとんど物理的な苦痛になった。あと五分眠れなかったら、舌を噛み切ってしまいそうだと思ったのを覚えている。半狂乱になり、私は身も世もなくすすり泣き始めた。その時、先ほどさんざん罵倒《ばとう》した客室乗務員が、感動的なヒューマニズムを発揮した。枕とブランケットを手にやってきて、機体の最後尾にある二つのあいた座席に案内してくれたのだ。私はゾンビのようについていった。彼女は肘掛《ひじかけ》をあげ、横になるようにと言った。嘘だと思われるだろうが、いまだかつてない感謝の念に、泣きながら彼女の足元にひれ伏しそうになった。私の情けない有様を見て、彼女はしばらくつきそい、ブランケットを上からかけてくれさえした。目を閉じる直前、彼女に頼まれたなら、何でもしようと私は思った。文字通り、どんなことでも。

警察署に向かいながら、ヘロニモ・バルデスは相当疲れているだろうから、一晩眠らせなければ十分だろうと考えをめぐらした。私の計画は、さほど独創的ではなかった。いいデカ、悪いデカ作戦。アマデオ・ロケが、ヘロニモを何度も叩き起こす悪いデカになり、私が、彼を寝かせておくいいデカになり、三十二人のうちの一人の父親ということにする。アントニオの父親になりすますのだ。寝かしておくほう、起こすほう、どちらのデカも、同じ質問を繰り返す。「残りの子はどこだ?」一字一句変えず、常に同じ言葉でたずねるのが肝心だ。残りの子はどこだ? 残りの子はどこだ? 残りの子はどこだ? 今はこの問いを二度言うだけで、頭蓋骨を穿《うが》つような金属音が耳の中で響く。

監房に着いたとき、ヘロニモはこんなに小さかったかと驚いた。本当にこれが、ジャングルで私を殺しかけた少年だろうか。だが、見ているうちに、ジャングルのときの印象が戻ってきた。二日間、ほとんど何も食べようとしなかったらしいが、見た目は驚くほど堂堂としていた。こんな子は見たことがなかった。生き、思考しているのが伝わってくる。まるでこの場で産み落とされ、生き延びることだけを考えてきたかのようだ。悲壮な顔つきは生まれつきだろう。二人にしてくれるよう看守に頼み、私は彼の隣に座った。私を覚えているかとたずね、右腕の怪我を見せた。やったのはおまえだよなと言ったが、信じられないという眼差《まなざ》しが返ってきただけだった。もう臭くはなく、かすかに石鹼《せっけん》の匂いがし、髪はきちんとなでつけてあった。ただし唇のヘルペスのせいでその顔には、生き返ったラザロ（新約聖書のヨハネの福音書に出てくる人物）のような、どことなく霊的な雰囲気があった。私はポケットからアントニオの写真を取り出し、さしだした。彼は手にとり、顔に近づけた。うつむいていたので、表情は見えなかった。

「息子だ」嘘をついた。

すると、悪魔を見たかのように、ヘロニモはぱっと振り向いた。その目にあったのが感嘆か恐れか、見極められなかったが、間違いなく驚きがあった。

「探すのを手伝ってくれないか？」

答えはなく、私は怪我をしていないほうの手を彼の肩にのせた。払いのけたり抵抗したりしないことに、彼の思いやりを感じた。

だが、事は簡単ではなかった。十時間後、ヘロニモは居眠りを始めた。監房から寝台は運び出してあり、椅子ひとつしかなかったが、彼はシャツを脱ぎ、それを床に敷いてヨガの行者のように横になった。一旦そうやって眠らせてから、アマデオ・ロケがドンと音を立ててドアを開けた。ヘロニモはびくっとして、椅子の下から這いずって出てきた。私は独房の外から、ドアの黒いガラス越しにその様子を眺めた。なんともちぐはぐな取り合わせだった。子ども、椅子、便器、洗面台。

自分が人より優れていると感じたい衝動にかられると、私は、仲間の居場所を白状させるために十二歳の少年を丸二日拷問したことを思い出す。あの沈黙は、不幸な家庭の沈黙にどこか似ていた。取っ組み合いやおおっぴらな口論よりもずっとたちの悪い、気まずい沈黙。ヘロニモが眠り込むたびに、アマデオ・ロケが叩き起こし、後から私が入って、残りの子はどこだ？　息子を探すのを手伝ってくれないか、とたずねる。そして、彼を横にならせ、眠らせるふりをし、目を閉じるときに頭を撫《な》でてやりさえする。その二十分後にアマデオ・ロケが入ってきて、同じことを繰り返すだけのために。

ヘロニモの髪のさらさらした感触、隔《へだ》たりと近さ、水と油のような感覚と意識を今も覚えている。時には、あの場面のことを考えるだけで、拒絶感にはらわたがねじくれそうになる。そして狼狽《ろうばい》とともに、あんなことをしたのは自分じゃない、身に覚えがあるが、あれは別の人間、自分ではない誰かがやったことだと思わずにはいられない。ヘロニモも違った。そこにいたのは、後に刑務所で面会することになった、ティーンエイジャーの彼でもなければ、ほかの子どもたちと暮らしていた少年でもなく、私がねじふせようとした自然の力の一部だったのかもしれない。警察署長と私が実利と絶望に従って思考していたとするなら、ヘロニモは直感と忠実さで考えていた。

三十二人が死んだ何年も後で、生物学のある実験の記事を読んだ。六匹のハエを入れたガラスびんと、六匹のミツバチを入れたガラスびんを、日の入ってくる窓の方に底を向けて並べて、どちらが先に逃げるかを観察するという実験だ。すると、ハエは窓の反対側にあるびんの口から逃げたが、ミツバチは、日差しを受けてきらきら光るガラスびんの底を出口と思いこんで、何度も底にぶつかって全滅したという。それを読んで私は、あの数日間、ヘロニモにどこまでも自分を信用させようとしていたときに感じた動揺を思い出した。彼が話す、小鳥のさえずりに似た、あの奇妙な言語はもちろんわからなかった。だが、私が自分を守る存在だとかたく彼は信じこみ、その思い込みは悪癖が意思にまで根をはるごとく、彼の遺伝子にまでしみこんでいるかのようだった。私は、彼の知性がぶつかっていく光だった。私が現れると、彼の表情はなごんだ。監房に入った私が、もう日がくれていると言えば、彼はそれを頭から信じただろう。彼の信頼は、四十時間近く私たちが彼に科した拷問と同じくらい、恐るべきものだった（結局のところ、理解は天分ではなく訓練で会得《えとく》されるのだ）。彼の信頼は、自然が私に科した罰だったのかもしれない。どんな名でそれを呼ぼうが、どれだけ月日が流れようが、思い出すと胸が痛む。

そして、とうとう彼は屈した。

時間の問題だとはわかっていた。だが、それが現実となったとき、奇跡を見たかのように驚愕した。拷問を開始してから四十時間たった、二日目の日が暮れようとしている時だった。監房に入ったとき、どこか様子が違うのがわかった。ヘロニモは唇をわなわなと震わせ、人差し指で眉毛をしきりになでつけていた。繊細で、どこか大人びた仕草だった。二言三言、理解できない言葉を発したので、何を言っているのかわからないと、私はいつものように答えた。彼はまた眉毛をなで始めた。警察の医者から、ある段階を過ぎると子どもは幻覚を見始める、それは体の危険を知らせる紛《まぎ》れもないサインだと注意されていた。いきなり何かとんでもないことをするのではという恐怖が一瞬頭をよぎった。私はそばに行き、彼の肩に手をかけたが、瞬時に振り払われた。数時間前から彼は体をかゆがりだし、試験のときに子どもがよくするように、片脚を神経質にゆすっていた。

腹がへったかと私はたずね、返事はなかったが、サンドイッチと水を一杯、持ってこさせた。彼は初めて実にうまそうに食べ、水を口に含むごとに、忘れた言葉を思い出そうとするような、放心した表情をした。ほんの一瞬、顔を赤らめたようにも見えた。食べ終わるとすっと立ち上がり、皿を床に置き、外に面した窓のところに椅子を寄せた。手を貸そうとしたが断り、そのまま椅子の上にのり、窓のX字形の鉄格子を両手で握りしめた。そして、近くに来いという仕草をし、またあのわけのわからない言葉で何か言った。ほとんど囁《ささや》くように。

「何を言っているかわからないよ、ヘロニモ」私はいつもの言葉を囁き返した。

すると、彼は振り向いて私の顔を見た。私は恐怖を覚えた。目のまわりの紫がかったくまが、かすかにてらてら光っている。私がそこにいること、自分がそこにいて、椅子に乗って窓越しに外を見ていることに驚いているように見えた。

「残りの子はどこだ?」私はたたみかけた。

すると、彼は再び窓のほうを見て、下水道の入り口を指差し、初めて完璧なスペイン語で囁いた。

「あそこにいる」

裏切りが発覚したときと同じで、振り返ると思い当たるふしがいくつもあった。庭で聞こえた、ネズミだと思った物音や、スーパーの入り口のゴミ箱が漁《あさ》られていたこと……。言われてみて初めて、そうだったのかと思う。だが、よけいな知性が、子どもたちが下水道にいるという明らかなサインを見落とさせたのだろう。彼らを見かけた（見たに違いない）が、何も言わなかった者が市民の中にはいたはずだ。現実が想像を超えているとき、私たちはありがちな解釈で片付けたがる。それに、この目で見た——と、自信満々に口にするが——ことを、私たちはどこまで信用できるのだろう。

気はせいたが、私たちはすぐには下水道に乱入しなかった。一人でも子どもを傷つけることがあれば、重大な過失を問われることになる。それに恐怖があった。夢と隣り合わせの、すべてをつきぬけるような恐怖心。純然たる恐怖が、耳の中でジージー音を立てているようだった。緊急会議を開き、私たちはアマデオ・ロケのデスクで下水道の図面を広げた。水路は星形に広がり、六つの水路が合流した排水路が、市の東部でエレ川に流れ込んでいる。どのあたりに子どもたちがいるのかわからなかったが、水路の幅や高さ（大半は一メートル五十センチもなかった）から、いそうな場所は四箇所にしぼりこめた。四つの地点はどれも近く、互いにつながり、川辺の遊歩道と十二月十六日記念広場の下あたりに位置していた。

私たちは浮き立ち、ハイになっていた。が、ろくなアイデアは出なかった。市庁舎の下水設備から今すぐ降りようとアマデオ・ロケは提案し、煙をたいていぶしだそうという無茶なプランも出た。T区画（子どもたちがいると考えられている中心部分）につながるすべての水路の出口をふさぎ、百メートルくらいの地点から水路におりて、子どもたちがいるほうに進んでいってはどうかと提案したのは、市警のアルベルト・アビラだった。

その計画がたまたま的を射ていたことは、後になってヘロニモの証言からわかった。下水道で暮らし始めた当初、子どもたちはもっと北西にいたが、数週間後に移動したらしい。北西というのはジャングルに一番近い箇所なので、それは納得がいった。ヘロニモによれば、移動したのは、女の子が一人、蛇に嚙まれて死んだからだった。中央部分に移る前に、あの廃屋《はいおく》になった休憩所のそばに女の子を埋葬し、そこらにあったレンガをかぶせたとのことだった。すべてが終わった一週間後、私は社会福祉課の担当者と検死官二人だけを伴って、その遺体を掘り出しに行った。六日間、新聞には毎日繰り返し、川岸の遊歩道に並べられた三十二人の子どもの遺体の写真が載っていたので、それにもう一つ、多少時間の経過した遺体が加わろうと誰も気にとめなかった。遺体は、ヘロニモが言ったとおりの場所にあった。十歳にもなっていない、小さな女の子だった。かさばらないよう、胎児の姿勢で埋められていた。毛布にくるまれ、まわりに食べ物の残骸《ざんがい》らしきものと小さなおもちゃがあった。じめじめしたジャングルにしばらく埋められていたので、体はところどころ腐敗し、茶色くなっていたが、不思議ときれいなままの部分もあった。左手にプレイモービルの人形を三つにぎりしめていた。専門家が調べようと指を開かせて人形をとりあげたとき、冒瀆《ぼうとく》したようで胸がざわついた。額《ひたい》に大きくZという文字が書かれ、すねたような死に顔をしていた。左のかかとに、どす黒く腫れあがった、死因となった嚙み傷があった。そして、その傷のまわりから脚をつたって臍《へそ》のあたりまで、マーカーで描いた虹のようなもようや星がちりばめられ、臍のところに太陽の絵とアナという名前が描かれていた。仲間たちが死んだほんの一週間後に掘り出されたその遺体は、それまで私たちが踏み込めなかった場所へと私たちを導いた。それは単なる子どもによる埋葬ではなく、理解できない別の文明、別の世界がそこにあったことの確かな証拠だった。

結局、アルベルト・アビラの案が採用された。

一九九五年三月十九日午前十時、サンクリストバルの下水道のすべての出口はふさがれ、子どもたちがいるとおぼしき場所のマンホールを出たところに警官が配置された。囲まれたとわかったら、子どもたちは自然と中央の地下聖堂のような場所、水路が集まった、図面で五角形になっている部分に集まるだろうと私たちは予想していた。

捜索は、記憶している限り、サンクリストバルで最も暑い日の十一時半ごろ始まった。気温三十八度、湿度八十七パーセント。木曜日で町はにぎわっていた。私たちは人目をひかないよう水道局の職員を装《よそお》って、下水道におりた。夜ならいぶかしがられただろうが、日中、人通りがある中で堂々と動いたので何も怪しまれなかった。全部で七つのグループに分かれた。四人の警官と社会福祉課の衛生助手と私の六人からなる私のグループは、西からくる下水道の、中央から一・五キロの地点からもぐることになった。アントニオ・ララなど、行方不明になった子どもの親がいるグループもあった。パブロ・フローレスは第四グループのリーダーとして、メインの下水道から中央部をめざした。計画では、下水道が集まる中央部で全員が合流し、子どもたちを追い込む手はずだった。その地点の地上付近では、三台のパトカーと社会福祉課のトラック二台が待機していた。

手すりをつかんで降り始めたとき、右腕の傷がずきっと痛み、私はヘロニモ・バルデスを呪った。下水道に降りるのは初めてだった。臭いは快くはなかったが、それほどきつくなく、通路は乾いていて、思ったより風通しがよかった。たまにネズミを見かけると、嫌悪よりも喜びを覚えた。予想どおりのものが現れると嬉しくなるとは、人間のおかしな習性だ。

ヘッドライトと懐中電灯を持っていたが、ほとんどつけずにすんだ。劇場の舞台を斜めに照らすスポットライトのように、マンホールから差し込む光が不気味な雰囲気を醸《かも》し出していた。四方に延びる下水道（図面によれば、私たちのいる水路は蜘蛛《くも》の巣状にほかの水路とつながっていた）には、上にどの通りがあるかを表示した金属のプレートがついている。その一枚のプレートの下に、初めて子どもたちの痕跡が見つかった。チョークで描かれた、翼を広げた巨大な鳥の絵。鳥の心臓からは、無数の血管が翼に向かってのびている。

嘘のようだが、この子たちは私たちを憎んでいるのだろうかという疑問を私が初めて抱いたのはこの鳥の絵を見ているときだった。子どもにしかできないやり方で、私たちを憎んでいるのだろうかと。というのも、私たちは子どもの愛情なら知っていても、子どもの憎悪については間違いだらけのわずかな知識しか持ちあわせていないからだ。子どもたちの憎しみには恐れが混じり、だから魅惑が混じり、だからある種の愛情が混じっている。子どもの憎しみはさまざまな感情とつながっていて、何かが子どもたちを憎しみへと追いやるのだ。

私は何年もの間ヘロニモに、「憎しみ」という言葉は避けながら、その感情についてさまざまな形で問いかけてきた。だが、はっきりした返事はなかった。答えないのは、感情的なことを語ることへためらいがあったからというよりも——経験を重ねるうちに、彼が話したがらないときでも、私は多くの言葉を引き出せるようになっていた——、「救い」という、底知れぬものがからみあっていたからだろう。私はそれを尊重することを学んだ。子どもの親密さは、救いを求めることに似ていると私は悟った。誰かが危険の前で立ち止まり、救いを求める。一方は強く、もう一方は弱い。だが、子どもの世界では、弱いのは脅《おど》す者で、じっと動かない者が強いのだ。

そこが始まりだった。

その感情、まさにその場所が。

バレリア・ダナスのドキュメンタリーで唯一見るべき箇所は、あの「秘密の町」に入った二十六人へのインタビューだ。もはや私たちの記憶にしか残っていない、あの下水道の空間をそう呼びたがる者がいる。数分間しか見られないとわかっていたなら、私たちはあそこをもっと注意深く見ていただろうか。きっとそうに違いない。

最初にたどりついたのは別のグループだった。私たちが着いてみると、少なくとも十人が驚きに声を失っていた。広さ九十平米、天井高三メートルほどの五角形の空間に、天井の四つのマンホールから光が差し込んでいる。信じられない光景だった。壁という壁に、何百もの小さな鏡やガラス片が埋め込まれている。びんの首の部分や、メガネのレンズ、割れた電球などにあたった光が壁から壁に反射し、祭典のように、緑、茶、青、オレンジ色にきらめいている。だが、それは暗号文のようでもあった。壁龕《へきがん》のようなくぼみにたてかけてあるガラス、壁にはりつけられたガラスもあれば、マンホールのひとつに直接とりつけられた大きな青いガラスもあり、まわりの床に青い光がふりそそいでいる。正午の日差しは、午後三時とは違うきらめきを引き出していたはずだ。光の暗号は時間帯によって変わったに違いない。しかも、色つきのガラスや鏡の破片、ルーペやびんのかけらは、反射した光が、何かの形になるように配置されているようだった。顔のようなもの、はっきりと木や犬や家だとわかる光の絵が、そこらじゅうに映し出されていた。

先史時代の洞窟画を賛美するなら、サンクリストバルの下水道に三十二人の子どもが作り上げたみごとな光の絵に感嘆して何の不思議があるだろう。我々の祖先は洞穴に、その動きを真似ようと八本脚をつけた馬や、バイソンを描き、子どもたちは光という、触れることのできないもので壁を飾ったのだ。静かにきらめく無数の光に包まれて、数分間、私たちは立ち尽くし言葉を失った。神々《こうごう》しくさえあるその場所に一人で立っていたいと強く願ったのを覚えている。一人の女性がインタビューで語った次の言葉は、一生忘れないだろう。最初の驚きが去ったとき、この光はすべて「楽しみながらこつこつと」作り上げられたと思ったとのこと。まさにそうだった。卵の中心に黄身があるように、そのきらめく光で彩られた空間の中心には快楽があった。空中に単語を投げあげ、落ちてきたものが物語になるのを期待するような、単なる偶然の産物であるはずがなかった。そこにはまた歓喜があった。きらきらとはじける、子どもらしい喜びが。

ヘロニモはガラスのことは話したがらなかった。一度だけ、彼もガラスを壁にはりつけていた、毎日ではないが、一日の決まった時間帯にやっていた、遊びだったと、ぽろっともらしたが、どういう遊びかは説明しようとしなかった。ただ、その話しぶりから、その光の聖堂《カテドラル》が完全に「民主的」に作られたのだと私は理解した。特定のリーダーはおらず、ドキュメンタリーで女性が語ったように、「楽しみ」から、いいも悪いもない、集団の遊び心から生まれたのだ。あのドキュメンタリーに出てくる下水道に入った者の証言には、事実に反するものや、美化されたものもある。ガラスが「チンチン音をたてていた」と何人かが語っているが、それは私の記憶にない。ほとんどのガラスはぶらさがっていたのではなく、壁にはめこまれていた。あの光の絵は、子どもたちの創造性ではなく下水道の壁の起伏によるものだとする、バレリア・ダナスの説はこれを論拠とする。だが、ダナスは知ってのとおり、魔術の類をいっさい信じない人物だ。彼女の説を聞いたとき、違うと私は思ったが、今はその思いをさらに強くしている。時の経過とともにおぼろになる記憶もあるが、ドアのようなあの長方形、マーク・ロスコの絵によく出てくる、考え抜かれたシンプルなパターンは、今になっていっそう鮮明に思い出される。あれが起伏による偶然の産物であるはずがない。ガラスや鏡、ブリキやメガネの破片で覆われた、あの五角形の空間は、何に一番似ているかといえば体だった。その体の内部で、懐《ふところ》に抱かれるようにして三十二人は暮らしていた。単純な発想だが、その様子を思い浮かべるとしばしば私はひりひり心が焼けつくような心地がする。

あの場所の作りや高さは、実用的ニーズには合っていなかった。ガスの配管や、地域で最も重要な発電所からの配線があそこで合流していたのは事実だが、それは、あそこが五角形だったことや、無数のくぼみが壁面にあったことの説明にならない。あの場所は、下水道を建設する際の資材置き場だったとも言われている。中に入った者の中には、きらめく光に気をとられて、くぼみを見なかった者もいた。三十以上あった（ある、と言うべきか。まだあそこに存在しているのだから）くぼみはどれも幅が一メートル半ちょっと、奥行きが一メートルほどだった。子どもたちは寝るために、思い思いにそのスペースを使っていた。

その小さな寝床は、なんと奇妙で精緻《せいち》な共和国を形成していたことか。バレリア・ダナスのドキュメンタリーで映された現場は、事件からだいぶ後のものなので、もちろんそこには三十二人の生の痕跡はない。空き家の映像のように、目を欺《あざむ》く。それよりは、人々の証言のほうがずっとリアルだ。「ふぞろいな蜂の巣」のようだったと語る者もいれば、霊《れい》廟《びょう》のようだった――ずっと的確だ――と言う者もいる。確かに納骨堂や簡易宿泊所、ライノタイプ（キーボードを打鍵することで活字を並べ、印刷版型を作製する装置）の活字ケースにも似ていた。ひとつのくぼみに一人しか寝ていなかったと考えるのは早合点だろう。何人かのものに見える服が散らばっていることも多かった。頭をぶつけずには登れそうにないところも含め、どのくぼみにも彼らの宝物と思《おぼ》しき、さまざまなものが散乱していた。プレート、石、お菓子、ブローチ、ベルトのバックル……、記憶がもつれて、見たもののほんの一部しか思い出せない。ただ、それらの物がそこにあったこと、それらはあちこちから少しずつ集められた、子どもたちの大事な宝物だったことは間違いない。彼らはお金（私たちのお金）はじきに使わなくなったが、仲間同士で好きなものをちょこちょこと互いに交換しあっていたとヘロニモがいつか話していた。あそこに散らばっていた物は、もしかして彼らの通貨だったのだろうか。あわてて逃げたので、お金まで置いていってしまったのか。

それにしても、どんなふうに暮らしていたのか？　よその家に入ったとき、そこの住人の動きや決まりごとが感じられることがある。あの空間にも暮らす者の動きの気配があった。ある場所（たとえば、配管パネルのそば）に立つと、別の場所（天井から青い光がさしているところ）に歩きだしたくなるというふうに。三十二人が暮らしていたあの空間を思い出すたびに、子どもの頃しばらく住んでいた家が頭に浮かんできた。円形の間取りの、田舎の古い一軒家で、ダイニングに行くには――不可解なことに――、必ず寝室の一つを通り抜けなければならないつくりになっていた。母はひどい間取りだと絶えずこぼしていたが、なぜか改造しようとはしなかった。今思えば、あの家にとってあれが一番自然な間取りだったからだろう。結局、こちらが家に合わせることになった。住人を爬虫類《はちゅうるい》にする家もあれば、人間にする家も、昆虫にする家もある。あの下水道を設計した建築士は、まさかあそこに三十二人の子どもたちが集団で住みつくことになろうとは、またあそこがあのような宿命を負うことになろうとは、夢にも思わなかっただろうが、子どもたちはあの場所の発する気に順応していった。目をしばらく細めてから閉じ、もう一度開けてみると、暗闇の中、あそこが巨大な寝室になっているのがわかった。四方の地下道からやってきた私たちはみな、誰に説明されずとも、そこが巨大な寝室だと理解した。膨張。あの空間は体を開いて客を受け入れた。そのセメントの壁が実は伸び縮《ちぢ》みするという幻想を客に抱かせた。

あそこの音のことを、ヘロニモが一度だけ私に話したことがある。十七歳になり、職業学校で大工の勉強を始めようとしていた頃だ。その前に彼は、家族の面会を断り、私を法定後見人に指名してほしいという申請を出した。思いがけないことだった。私は感動のあまり視界がゆがんだので、彼がいるところで告げられなくてよかったと思った。ヘロニモはそれなりに容姿の整った若者になったが、無口で愛想がなく、まわりから反感を持たれることもあった。時に暴力的になり、少年院での生活は決して容易ではなかっただろうが、愚痴《ぐち》を言うことはなかった。当初は重くのしかかっていた、三十二人の子どものうちで唯一生き残ったという性《さが》やその孤独にもやがて慣れていったが、事件から五年たっても猜疑《さいぎ》心《しん》が強かった。その日はプレゼントにと、私は蚤《のみ》の市で見つけた小さなナイフを持っていった。柄《え》の部分が若い娘の体の形をした、素朴なアンティークナイフだ。少年院出の少年にふさわしくないのはわかっていたが、ヘロニモは普通の少年ではなく、彼と私との関係もそうだった。彼はいたく気に入ったようだった。セイレーンに魅入られた船乗りのように、その素朴なナイフにいつまでも見入り、町なかのベンチに座ったとき、刃を木に立ててみていた。あの場所の音のことを彼が初めて話したのは、そのときだった。問わず語りに（音のことは、それまで何回もたずねていたが、答えたことがなかった）、ときどきさ、と話しだした。あのくぼみでみんなで寝ていると、かすれた、おばけの声が話しかけてきたと。正確な言葉は覚えていないが、声を聞いてどんな感じがしたか語っていたのは覚えている。ぼんやり顔だけが浮かんで、口と、細くて長い口ひげがはっきり見えたとのこと。本物の口が。他の子たちもその声を聞いて、みな怖がっていたとも話した。「眠っていると、話しかけてきて起こされるんだ」と。どんなことを言ったのかとたずねたが、答えはなかった。怖いときはどうしていたかとたずねると、身を寄せあって、お話を語りあっていたと答えた。それだけだった。

その告白の後、その日何をしたかは思い出せない。死別したり会わなくなったりした相手と、それが最後になるとは知らずに会った日のことを後から思い返すと、前兆と思い当たることがあるように、それを聞いて私は、「PUTA《プータ》」（売女）という文字を見つけたときのことを思い出した。くぼみの一つにチョークで書かれていた言葉を、五年もたって、ヘロニモと話しているときに思い出したのだ。そのくぼみに残っていた物には、まだ子どもの頭の形や、何かを探そうとしたのかひっかきまわされた跡が残っていた。強烈なすえた臭い、腐った食べ物やタバコの臭いがしたこと、その言葉から目をそらそうと、天井の、日差しの入ってくる方を見上げた記憶が蘇《よみがえ》った。色とりどりにきらめく光の中に迷い込んだ女の子や男の子、美しさと無秩序と暗闇と驚異に立ちすくむ子どもたちの姿を再び思い描こうとした。しかし、その言葉は執拗《しつよう》だった。一瞬にして、すべてを感じた気がした。きらきら輝くような彼らの存在と、天地創造以前から彼らのために作られたかのような、あの空間に轟《とどろ》きわたる自由。すべては遊びのように始まったのだ。おそらくは、どこかの庭で盗むか、自分の家から持ってきたかしたおもちゃの残骸がころがっているあの場所から。奇跡と啓示と友情に満ちた、その人工的な世界。別のくぼみに手をつくと、二人の子どもが体を寄せて眠っていた形跡があった。彼らの体の曲線や、相手の肩か背中に頭をあずけた姿が目に浮かんだ。二人の子どもがそのくぼみで身を寄せあい、目を開け、ガラスが映し出す、光の犬や木や家を見つめながら眠りに落ちていったのだ。

だが、誰かがPUTA《プータ》という言葉を書いたということは、そこには愛があったのだ。愛があったから、愛の喪失があり、この非情な言葉が出てきたのだと、息をしようとしながら思った。藁《わら》にすがるように、そう考えずにはいられなかった。愛があったなら（どんな形であれ）、そこに無垢《むく》なものが残されたのではないか。物理的な愛、仲間同士の愛、性的な愛、芽生えたばかりの不器用な手探りのものであれ、そこには愛があったのだ。PUTAという言葉は、その紛《まぎ》れもない証拠ではないか？　どう考えればいいのか、私はわからなくなった。とても大切なもの――指輪やダイヤモンド――を砂浜で落とした者のようだった。ちょっとでも光るものがあればそうではないかと、あちこちの砂を掘り返すが、どれも違う。見つからないまま時がすぎ、そのうち、そんなことをした自分を責める。むやみと掘り返したせいで、どこにあるか皆目わからなくなってしまったからだ。よけいなことをしなければ、手の届かないところにもぐりこんでしまわなかっただろうに。PUTA《プータ》という言葉の、メランコリックな動かぬ表現が入りこみ、愛は放心した空っぽなものになってしまった。PUTAの一言で、何もかもが霧散してしまう前のことを、私は思わずにはいられなかった。あの子たちがあそこにいて、まだあの言葉が書かれていなかった時間があったのだ——私はそれがわかった。自分でも驚くほど確信を持って。車が通りを走りすぎる間にも（排水口の上を車が通ると、まばたきのように地下室に影がよぎった）、地上を見上げながら日々はゆったり穏やかに過ぎていたに違いないが、PUTAという言葉が何もかもを消し去ってしまった。Pの字はUよりも小さく、Aの片方の斜め線が少し内側にゆがんでいる、子どもの手で書かれたくねくねしたスペイン語のPUTAという単語が。

考えすぎだろうか。PUTAという文字の上には、二段ベッドのようなものがあった。そして、その上には一つの影があった。ほかの影より少し大きい、十代の少女くらいの大きさの影。そして、元は白かったに違いない、泥だらけの運動靴と、蝶の絵がついた、厚手の緑のTシャツが一枚（PUTAの運動靴、PUTAのTシャツと、私は思った）。PUTAという語は、子どもたちが迷子になった場所、彼らの共同体が壊れた場所だった。あの子どもたちは、何を考えていたのだろう。子どもだというだけで、失うものなどないと思っていたのか。そして、そこに私たち、大人はいた。互いに言葉をかけあうこともなく、きょろきょろとあたりを見回し、脱ぎ捨てられた衣服や散らばった空き缶の上にかがみこみ、どうしようもない苦悩をかかえて。捜索は失敗し、できることは何もなかった。

誰かがむせび泣きだした。信じていたものが失われた大人の、いたたまれない泣き方だ。誰も慰《なぐさ》めようとしなかった。みな放心状態だった。その時、振り返るとすぐ後ろにアントニオ・ララがいた。彼の息子のものに違いない青いTシャツを、片手でにぎりしめている。

「いない」と、彼は言った。

だが、私に言ったのではなかった。これが現実のわけがない、嘘だと誰か言ってくれという思いから発せられた言葉だ。行方不明の子どもの親は彼だけではなかった。パブロ・フローレス、マティルダ・セラ、ルイス・アサオラ、カサド広場の集会の間にいなくなった子どもの親もいた。親か親でないかは、簡単に見分けがついた。親たちは、中央部にたどりついた後、互いに目配せをしながら一団となって、くぼみに残っていた服や持ち物をひっくりかえしていたからだ。

「いない」彼はもう一度言うと、私を睨《にら》みつけながら、声をはりあげた。「アントニオ！」

喉がはりさけんばかりの絶叫の後に、ぞっとするほど空虚な静寂が広がった。彼はしゃがみこみ、猫しか通り抜けられないほどちっぽけな穴をのぞきこんで、再び「アントニオ！」と叫んだ。すると、隣にいたパブロ・フローレスが「パブロ！」と叫び、続いて女性が「テレサ！」と叫んだ。そこからは、アントニオ、パブロ、テレサの三つの声の合唱になった。ほかの名前もあったかもしれない。私も叫び始めた。そんなことで子どもたちが現れるとは誰も思っていなかっただろう。だが、叫んで思いが解き放たれると、これが私たちの言葉、私たちの論理だと確認できた。それは恐怖の叫びにも似ていた。そう理解したのはその時だったか、それとももっと後からか。奇妙な場だった。あれはほんの数分のことだったのだろうか。私たちは子どもたちを探し続けた。来た通路を引き返し、中央部に戻り、また叫んだ。そのあと、再び静寂が訪れた。うちひしがれた、からっぽの沈黙。宇宙飛行士が宇宙空間で感じるに違いない、命の存在がまったく感じられない静けさ。メーターか何か、機器がカチカチいう音と、頭上をシャーッと車が通りすぎていく音だけが聞こえた。アントニオ・ララを目で探すと、うずくまってTシャツで顔を覆っていた。

私は時計を見て驚いた。下水道に降りてから、もう一時間半近くたっていた。このまま一生ここにいるのだろうかと思ったとき、アマデオ・ロケが壁に手をついていきなり立ち上がり、全員外に出ろと叫んだ。下水の水圧に異状が認められ、中にいたら危険だと無線で連絡があったと。ためらいなくみなが駆け出した。引きずり出さなければ、出ようとしない親もいたと、誰かがインタビューで語っていたが、あんなのは嘘っぱちだ。それどころか、一番先に外に出たのは親たちだったと言ってもいい。もちろん滲《にじ》み出す悲しみはかかえていたが。頭上の四つのマンホールの蓋《ふた》を開けたとたん、強烈な日差しが私たちを射た。まるで邪悪な精神によって、太陽の寛容さが奪われたかのようだった。

一番最後のほうで、私は外に出た。ほとんど全員が地上に戻ったとき、ギシギシという音が聞こえた。続いて、うろたえた声、シューッという音。そして、ドーンという紛れもない爆発音。太鼓の皮のように地面が震えた。

エレ川の水はいつでも茶色ではない。特に快晴の日には（何かわからないが、関係しているものがあるのだろう）美しいエメラルドグリーンになる。サンクリストバルの子どもたちが溺死《できし》した日の水はエメラルドグリーンだったと大勢が信じたがるが、感電死を恐れ先を争って私たちが下水道から出たあとで吐き出された水は、どろりとした茶色だった。エレ川の水は動く泥のようだ。同じ景色を見飽きた地面がある日歩き出してエレ川になったと、ニェエの美しい伝説は語っている。

子どもたちの悲鳴を聞いたと、多くの者が証言している。だが、私はあそこにいたが、そうは言えない。私たちにつかまるまいとして、あの部屋の下にあった貯水槽に隠れたために子どもたちが水にのまれたことも、彼ら自身の重みで水門が破れたことも、そのせいで下水道が水没したことも、今となっては周知の事実だ。彼らは直径四十センチしかない水路をくぐって古い貯水槽におりて、そこからあの部屋にいる私たちを見ていたのだ。子どもたちが息を殺して私たちを見ていたという感覚は、今も生々しく残っている。誰かに手を押さえつけられたとき、放されてからもしばらく押された感じがするように。数秒でも静かに耳をすましていれば、私たちは子どもたちの囁《ささや》きを聞きつけたのだろうか。だが、驚いたり苦悩したり、私たちは騒がしすぎた。同行した親の中には――パブロ・フローレスもその中にいる――子どもの視線を「感じた」瞬間があったと言う者がいる。だが、私はそれも同意できない。あの時、私は何も感じなかった。感じるとするなら今だ。裁くのではない、彼らと私だけの秘め事のような視線。最初は恐ろしかったが、やがて感傷的でおぼろげなその視線に、守られていると思うようになった。だが、時には、色とりどりのガラスのきらめきを前に驚愕している自分を、自分が見ているか、彼らの目を通して見ているような気がして、ぞっとすることがある。

だが、あの茶色い水の中で、子どもたちがいっぺんに溺《おぼ》れ死んでいく様子は、いまだ受けとめられない。一週間ほどの調査の後、検死官は、増水はあっという間で、子どもたちはどこにも逃げる間がなかったと結論づけた。貯水槽に入るための通路は狭いうえに水の勢いはすさまじく、とても逃げられる状況ではなかった。検死の報告書は、八分から十分の間に溺死したと断定している。エレ川の水はまず子どもたちの胸を満たし、それから血液に浸透していった。肺に水が入って溺死するものと、無知な私は思いこんでいたが、実際は、体に入った水が血液を薄め、細胞を破壊して死を招くのだという。細胞が壊れるさまを想像して私は長いことうなされたが、いつしかそれも消えていった。マヤが最後の息を吐き出し冷たくなっていったときの信じられない姿や、ニーニャとアントニオ・ララがカフェで一緒にいるところを見てしまった日のこと、妻の死後初めて別の女性に告白されたときのことなど、動揺する出来事の記憶と同じように。

それでも、心の奥の最も密やかな場所には、それに抵抗しようとする空間がある。私たちが口に出せなかったこと、手渡せなかったものを凝縮《ぎょうしゅく》した身振りや微細《びさい》なサインがしまいこまれた空間が。サンクリストバルが三十二人の子どもたちに決して差し出さなかったものは何だろう。それを私は今、考えている。彼らへの敬意を表して十二月十六日記念広場に（そういう形しかなかったのだろうが、実におぞましい）彫像が建ち、最初の五年間は毎年三月十九日に、その後は節目の年ごとに新聞に特集が組まれ、罪の意識や気取りやいくばくかの真実が垣間見える、何十もの書籍やドキュメンタリーや美術作品が作られたにもかかわらず。

ヘロニモ・バルデスが、事件について語りたがらず、二、三度、刑務所への入出所を繰り返したあと、ある日ふっつりと姿を消し、行方知れずになったのも、不思議だとは思わない。ジャングルで私が彼を見つけたとき、彼はほかの子たちから逃げるところだったのではないか、目の前のものすべてをのみこむのがエレ川の本性であるように、逃亡と暴力が彼の性《さが》だったのではないかと、私は何度も考えてきた。だが、今も何か、音楽のようなものが残っているのだ。時折、町の真ん中で、ふいにそれがやってくることがある。夜遅くに家路についたとき、散歩に出たときに、地面すれすれに足元をすりぬけるように、その音楽が聞こえてくる。三十二人の子どもたちの会話や秘密の囁《ささや》きが、今も私たちの中に息づいているかのように。だが、いつしかその感覚も消えていく。私たちを置きざりにすることで死者は私たちを裏切るが、生きるために私たちも彼らを裏切るのだ。

訳者あとがき

「サンクリストバルで命を落とした三十二人の子どもたち」という不穏なフレーズで始まる本書『きらめく共和国』は、二〇一七年にエラルデ小説賞を受賞した、スペインの作家アンドレス・バルバ著 *República luminosa*（Anagrama, 2017）の全訳である。二〇二〇年の四月にはイギリス、アメリカでそれぞれ英語版が刊行になり、ドイツ語、フランス語、イタリア語をはじめ、二十二ヶ国語で翻訳出版されている。

物語の舞台は、うっそうとした緑のジャングルと泥のように茶色い川があるサンクリストバルという架空の町。中南米でも東南アジアでも、どこでもよいと作者は語っているが、出てくる人名や地名からすると、スペイン語圏のどこかを思わせる。

その町に、九歳から十三歳の子どもたちの集団が現れる。理解不能の独自の言葉を話す、リーダーを持たない子どもたち。その三十二人もの子どもが、どうして死ぬことになったのか。

面白いのは、この衝撃的な出来事が、二十二年後に書かれたクロニクルの形で語られることだ。語り手の個人的物語に、新聞記事や、後に発表された本や論文などの引用をまじえて、淡々と書かれた手記を読み進めるうちに、サンクリストバルの世界に誘いこまれ、最後のページにたどりつくまで読まずにはいられなくなる。

アンネ・フランクのように日記をつける少女や、軽薄で感情過多だが一般大衆の心をつかむテレビパーソナリティ、保身と支持者の獲得ばかり考えている為政者など、さまざまな人々がかかわっていく。SNSであっという間に情報が拡散する現代ではなく、一九九五年だからこその手触りだ。

この謎めいた子どもたちの設定は、二〇〇四年にポーランドの監督が撮った、モスクワのレニングラーツキー駅に住むストリートチルドレンを追ったドキュメンタリーからインスピレーションを得たとバルバは語っている。また、メーテルリンクの『蜜蜂の生活』など「昆虫三部作」も、子どもたちのコミュニティの仕組みを考えるヒントになったという。

子どもと大人、野生と文明、ディスコミュニケーション、保護と支配、恐怖と暴力など、物語には多様な要素がいきかう。通じる言葉を持たない、言ってみれば「馴らされて」いない子どもたちを前にして、大人の市民や当局が恐怖を抱き、結果的にそれが暴力につながっていくさまは、現代のヘイトクライムをめぐる状況にもどこか似ている。

また、二十年の時を経た語り手のまなざし、彼とバイオリン教師の妻との関係、彼と血のつながらない娘との関係というもう一つの筋からも目を離せない。

緑のジャングルと茶色い川をかかえるサンクリストバルで起きた不可思議な出来事を楽しんでいただけたらうれしい。

ここで、冒頭で触れたエラルデ小説賞について、少し解説しておこう。エラルデ小説賞は、一九八三年からアナグラマ社が主催している文学賞で、エラルデというのは、同社の創業者ホルヘ・エラルデの名に由来する。未発表の作品を公募し、受賞作をアナグラマ社で刊行するという新人発掘の場だが、すでにある程度評価された作家が受賞するケースも多い。

一九九八年には、ロベルト・ボラーニョ『野生の探偵たち』が受賞した。二〇〇二年のエンリーケ・ビラ＝マタス、二〇一六年のファン・パブロ・ビジャロボス、二〇一九年のマリアーナ・エンリケスなど、日本でも翻訳のあるスペインやラテンアメリカの作家も受賞者に名を連ねている。未発表作品を公募するスペイン語圏の出版社主催の賞のなかでも、文学性と質の高さで読者に注目されている賞のひとつである。

アンドレス・バルバは、一九七五年にマドリードで生まれた。スペインは一九七五年に独裁者フランコが死去し、その後民主主義に移行していくので、欧米各国やラテンアメリカに開かれたスペインで育った世代と言える。マドリード・コンプルテンセ大学でスペイン文献学を学び、その後、同大学や米国のボウディン大学で教鞭をとってきた。

デビューは二〇〇一年。*La hermana de Katia*（カティアの姉妹）が、エラルデ小説賞最終候補となり、賞は逃したが出版された。以降、アナグラマ社その他で、作品を発表してきた。小説家、詩人、写真家、エッセイストと活動は多岐にわたるが、特筆すべきは、二〇〇七年ごろから執筆と並行して、英語やイタリア語からスペイン語への翻訳に取り組んでいることだ。フィッツジェラルド、ヘンリー・ジェイムズ、トマス・ド・クインシー、ナタリア・ギンズブルグや、『白鯨』『不思議の国のアリス』、アンソニー・ドーア『すべての見えない光』、コンラッド短編全集など、十数年の間に三十点近く翻訳している。コンラッドやメルヴィルの翻訳は、本書の執筆にも影響を与えたという。

「自分で書いた作品よりも、訳した作品のほうがあとまで細部をよく記憶している」とバルバは語っているが、翻訳者としてスペイン語圏以外の作家の作品と密に接し続けていることは、当然のことながら執筆への刺激ともなっているのだろう。

二〇一〇年には、英国グランタ誌の「三十五歳以下の注目のスペイン語若手作家」二十二人の中に選出された。バルバについてバルガス＝リョサは「すでに自分の世界を完全に作り上げ、彼の年齢には似つかわしくない巧みさを持っている」と評している。

バルバと私の最初の出会いは児童文学だった。文芸や児童文学でおもしろいラインナップを持つ、スペインのシルエラ社の新刊の中にバルバの本を見つけたのが、たぶん二〇〇七年か二〇〇八年だったと思う。そして、そのうちの一冊を翻訳できないかと動いていた二〇一一年、スペイン政府の機関ICEX《イセックス》とスペイン書籍出版連盟が共催するニュー・スパニッシュ・ブックスという、スペインの新刊書籍の版権を外国に売るためのプロジェクトが日本でも始まった。そこで今度はバルバの一般読者向けの小説に出会い、認識を改めることになった。

『ふたりは世界一！』（偕成社、二〇一四）を初め彼の児童文学作品は、ロアルド・ダールを思わせる、ゆかいで空想的な作風だが、小説は、死、暴力、障害など、どちらかというと重たいテーマを扱った、思索的な作品だったからだ。こういう作品を書く人だったのかと驚かされた。ただし、無駄がない端正な文章はどちらにも共通している。

Agosto, octubre（八月、十月。Anagrama, 2010）と、マヨルカにあるバルトロメ・マルク財団が主催するファン・マルク・センディーリョ短編小説賞を受賞した*Muerte de un caballo*（ある馬の死。Pre-Textos, 2011）は、ニュー・スパニッシュ・ブックスのサイトnewspanishbooks.jpにレジュメが掲載されているので、興味のある方はご覧いただきたい（二〇二五年一月現在はレジュメが見られなくなっている）。

こうしてバルバの小説の翻訳出版にも興味を持つに至っていた二〇一七年秋に、『きらめく共和国』がエラルデ小説賞を受賞したというニュースが入った。実はその年の六月、来日したバルバと会う機会があり、自身の作品の中で最も評判がよいと言って*Las manos pequeñas*（小さな手。Anagrama, 2008）を手渡されていた。交通事故で両親を失った少女を主人公に、子どもと暴力という、本書とも共通するテーマを持つ作品で、興味深くはあったが、日本で出すきっかけをつかむのは難しいように思われた。だが、『きらめく共和国』を手にしたとき、*Las manos pequeñas*のテーマの延長上にありながら、ずっと力強く、ぐいぐい引き込まれ魅了された。バルバの一般向けの作品として、日本で最初に紹介するならこの作品だと確信した。なので、こうして刊行することができて感無量だ。

バルバは二〇一八年にヨーロッパ文芸フェスティバルでパネリストを務めるため来日し、その時はマドリードに住んでいると言っていたのだが、昨年二〇一九年秋にはニューヨークに住んでいて、今年初めには、新型コロナウイルスの影響でマドリードに戻り、つい先日、連絡をとったときには、ずっと住むつもりで、配偶者で作家のカルメン・M・カセレスの出身国であるアルゼンチンに、この秋転居すると言っていた。

この自由な姿勢は、バルバの創作にも反映している。スペインのスペイン語と、ラテンアメリカのスペイン語には語彙や言葉づかいなどに違いがあるが、バルバは翻訳においても創作においても、できるだけスペイン語圏全体に通じるユニバーサルな表現を追求していると、メキシコの新聞「エル・フィナンシエロ」紙（二〇一七年十二月一日）のインタビューで語っている。もちろん、完全な共通言語はありえないが、配偶者がアルゼンチン出身であることも影響して、そう心がけているとのこと。スペインのみを規範としない、そういった自由さはとても新鮮だ。さらにラテンアメリカの作家たちとも交流しながら、これからバルバがどんな作品を生みだしていくのか楽しみだ。

最後になりましたが、本書の刊行を決断し、一貫して訳者を励まして導いてくださった東京創元社の佐々木日向子さん、疑問点にいつもていねいに答えてくださったアンドレス・バルバさんに心よりお礼申し上げます。

文庫版あとがき

二〇二〇年十一月に刊行されたアンドレス・バルバ著『きらめく共和国』が、文庫版で改めて刊行されることになった。

外から来た異質な子どもたちが、良識ある人びとの手によってなきものにされ、良心と悪意、真実と虚偽等が混じり合うなかで、事件の全容が混然となっていく展開は、現在の社会のありようを予言するようでもあり、今読み返しても不穏で恐ろしく、改めて震撼させられた。謎めいているけれども、一方できらめきも秘めたこの物語世界を、ぜひ楽しんでほしい。

文庫で手にとれるスペインの現代文学は非常に限られているので、その意味でも、今回の文庫刊行はとても喜ばしく、東京創元社の英断に感謝している。

アンドレス・バルバは、変化する作家だ。「クアデルノス・イスパノアメリカーノス」誌二〇二三年一月号のインタビューでバルバは、書くことが職業化することの危険に言及し、同じ手法で作品を出し続ける作家になりたくないと語った。『きらめく共和国』後に発表した作品が一作一作まったく異なっていることからも、その姿勢が見てとれる。

二〇二〇年刊行の *Vida de Guastavino y Guastavino*（グアスタビーノの生涯とグアスタビーノ）は、ニューヨークのセントラルステーションの設計で知られるバレンシア出身の建築家ラファエル・グアスタビーノをとりあげた、ボルヘス的手法の伝記だ。二〇二三年刊行の *El último día de la vida anterior*（前世の最後の日）は、幽霊が出てくるホラー的かつ幻想的な中編。この小説でバルバは、二〇二三年にフィネストレス文芸賞を受賞した。不動産屋に勤める女性がある物件で、最初はもう一人の自分、次は少年の幽霊に出会う。コロナ禍において、現実が現実とは思えなくなっていったことが下敷きになっているとのこと。アルゼンチンの作家マリアナ・エンリケスが原稿段階で読んで、「ぞくぞくする」と評したという。

新型コロナの感染が広がるなか、バルバはアルゼンチンに移住し、現在、妻で小説家のカルメン・M・カセレスの故郷であるポサダスに住んでいる。ポサダスとパラグアイのアスンシオンを結ぶ橋からインスピレーションを得て、二〇二二年には*Puente*（橋）という版画と詩のアートブックを、画家のマヌエル・ピナとともに立ち上げた〈ガリバルディの大砲〉という自らの出版レーベルから刊行した。さらに二〇二四年には、*Los años frente al puente*（橋を前にした年月）という、橋と家族や子どもをめぐる詩集を刊行した。詩というのは、変化を求めるバルバならではの展開だろうが、彼の端正な散文を思うと驚かされた。

先に触れたインタビューでバルバは、文学に関して「ラテンアメリカで作られているものよりスペインで作られているもののほうがおもしろいと言う人がいたなら、その人は顔に目がついていない。ラテンアメリカの作家たちのほうが、ずっと新鮮で大胆だ」と発言し、アルゼンチンにおけるスペイン語の語彙の豊かさにも触れている。そのアルゼンチンの大地で、バルバがどう変容していくのかますます楽しみだ。ほかの作品も今後翻訳する機会があればと思う。

この新たな文庫版で、本書が新しい読者と出会ってくれるよう、切に願っている。

宇野和美

本書は二〇二〇年、小社より刊行された作品の文庫化です。

訳者紹介　東京外国語大学スペイン語学科卒。出版社勤務を経て翻訳家に。メルチョール『ハリケーンの季節』で、日本翻訳家協会による翻訳特別賞を受賞。ネッテル『赤い魚の夫婦』、アルマダ『吹きさらう風』、マトゥーテ『小鳥たち――マトゥーテ短篇選』など訳書多数。

きらめく共和国

2025年1月24日　初版

著　者　アンドレス・バルバ

訳　者　宇《う》野《の》和《かず》美《み》

発行所　(株)東京創元社
代表者　渋谷健太郎

162-0814 東京都新宿区新小川町1-5
電　話　03・3268・8231-営業部
　　　　03・3268・8201-代　表
URL　https://www.tsogen.co.jp
組　版　キャップス
暁印刷・本間製本

乱丁・落丁本は、ご面倒ですが小社までご送付ください。送料小社負担にてお取替えいたします。

ISBN978-4-488-55208-4　C0197

創元推理文庫

全米図書館協会アレックス賞受賞作

THE BOOK OF LOST THINGS◆John Connolly

失われた ものたちの本

ジョン・コナリー **田内志文 訳**

◆

母親を亡くして孤独に苛《さいな》まれ、本の囁《ささや》きが聞こえるようになった12歳のデイヴィッドは、死んだはずの母の声に導かれて幻の王国に迷い込む。赤ずきんが産んだ人狼、醜い白雪姫、子どもをさらうねじくれ男……。そこはおとぎ話の登場人物たちが蠢《うごめ》く、美しくも残酷な物語の世界だった。元の世界に戻るため、少年は『失われたものたちの本』を探す旅に出る。本にまつわる異世界冒険譚。